怪异的密码信

[奥]贝琳达/著
[德]约翰·布兰德斯泰特/绘
赵蔚婕/译

天津出版传媒集团
新蕾出版社

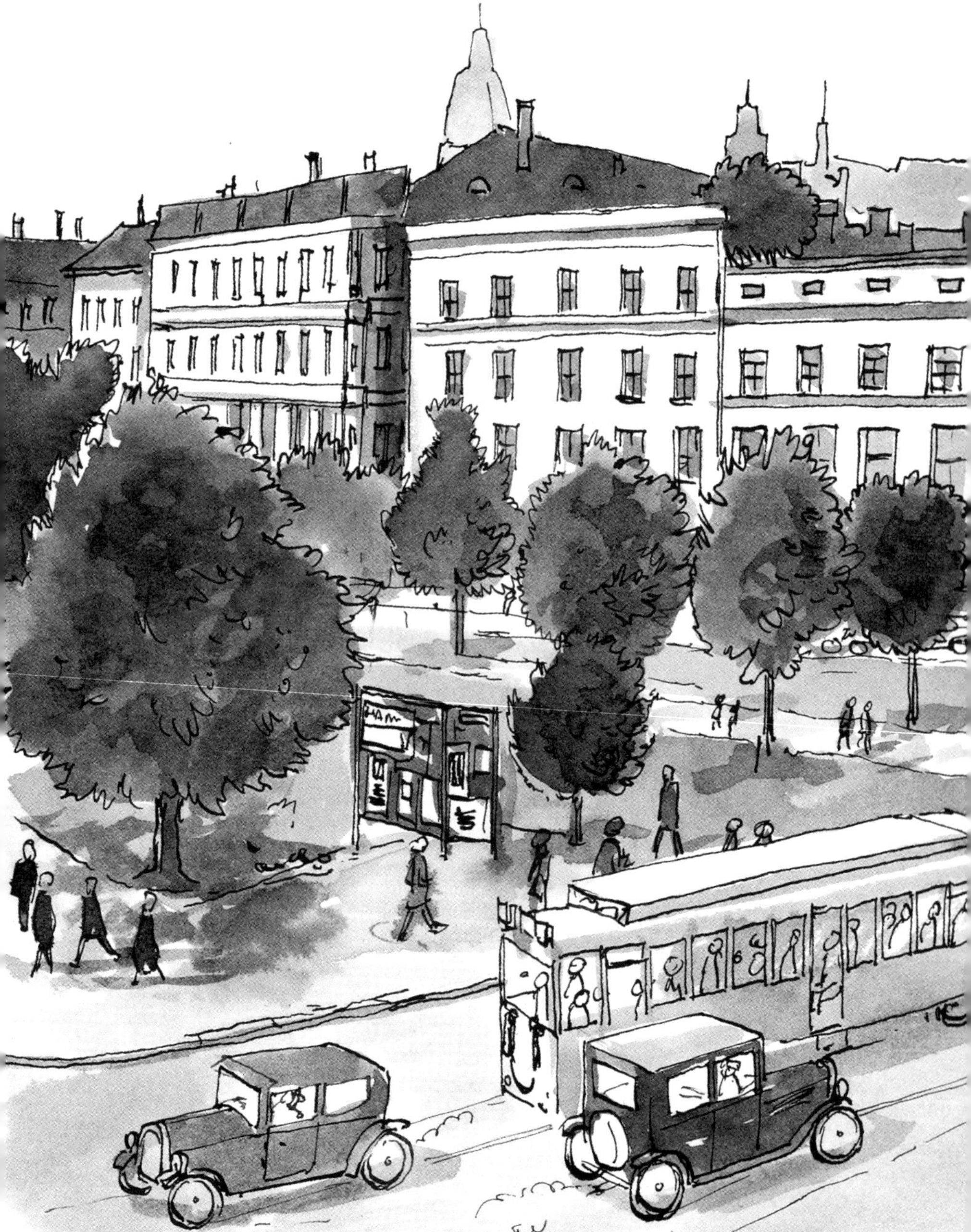

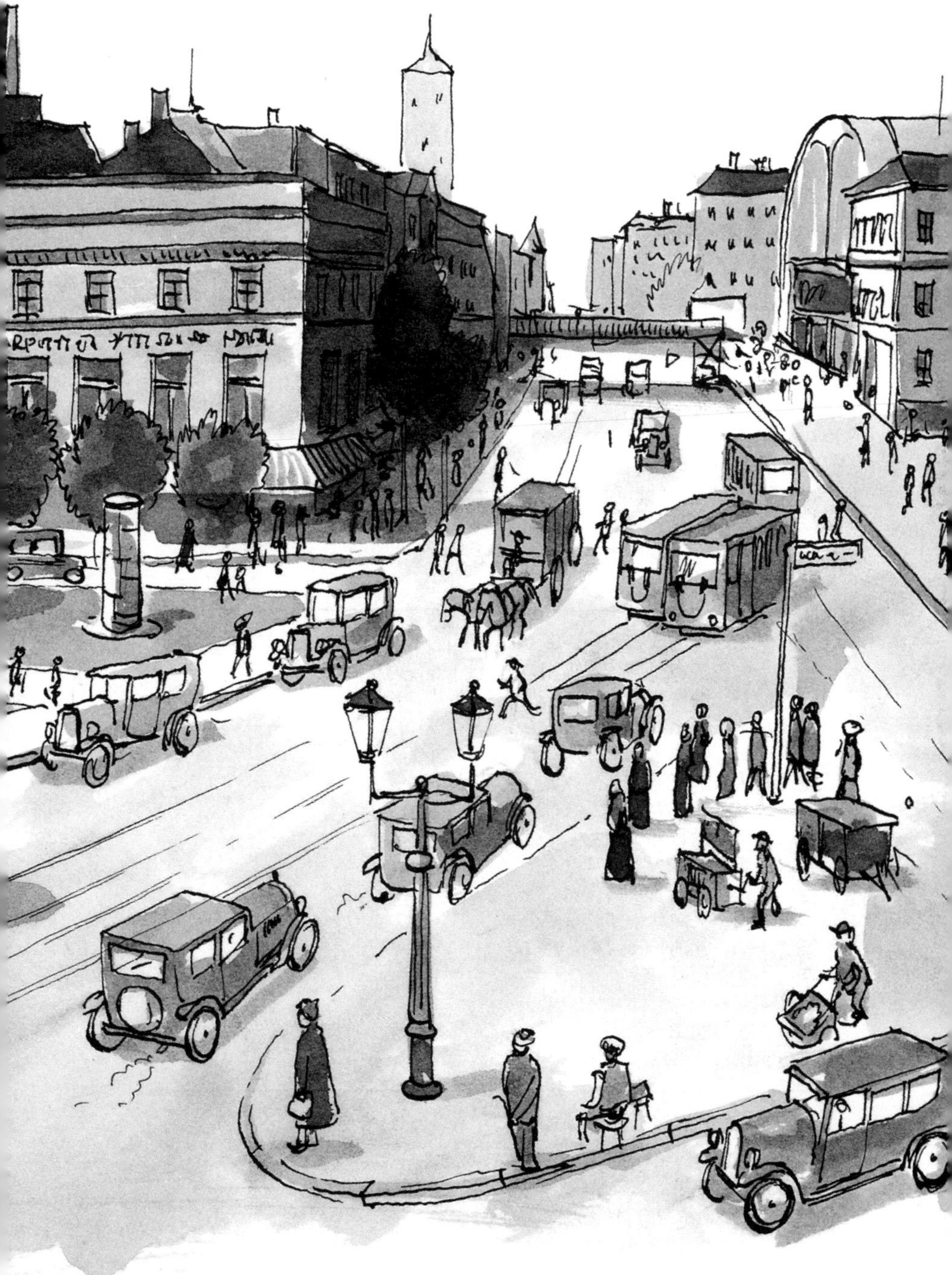

图书在版编目(CIP)数据

怪异的密码信 /(奥)贝琳达著;(德)约翰·布兰德斯泰特绘;赵蔚婕译.— 天津:新蕾出版社,2023.7(2024.3 重印)
(大科学家和小侦探)
ISBN 978-7-5307-7521-9

Ⅰ.①怪… Ⅱ.①贝… ②约… ③赵… Ⅲ.①儿童小说-侦探小说-奥地利-现代 Ⅳ.① I521.84

中国国家版本馆 CIP 数据核字(2023)第 031864 号

Title of the original German Edition: Der gestohlene Geigenkasten (Albert Einstein)
© 2006 Loewe Verlag GmbH, Bindlach
Simplified Chinese translation copyright © 2023 by New Buds Publishing House (Tianjin) Limited Company
ALL RIGHTS RESERVED
津图登字:02-2022-031

书　　名:怪异的密码信　GUAIYI DE MIMA XIN
出版发行:天津出版传媒集团
　　　　　新蕾出版社
　　　　　http://www.newbuds.com.cn
地　　址:天津市和平区西康路 35 号(300051)
出 版 人:马玉秀
电　　话:总编办(022)23332422
　　　　　发行部(022)23332351　23332677
传　　真:(022)23332422
经　　销:全国新华书店
印　　刷:天津新华印务有限公司
开　　本:880mm×1230mm　1/32
字　　数:48 千字
印　　张:4.5
版　　次:2023 年 7 月第 1 版　2024 年 3 月第 2 次印刷
定　　价:26.80 元

著作权所有,请勿擅用本书制作各类出版物,违者必究。
如发现印、装质量问题,影响阅读,请与本社发行部联系调换。
地址:天津市和平区西康路 35 号
电话:(022)23332351　邮编:300051

目 录

一 暗夜盗贼/1

二 我看到了你没看到的/14

三 怪异的密码信/26

四 睁大眼睛,仔细观察/38

五 潜伏/51

六 嫌疑/63

七 恐吓信/76

八 宝琳不见了/89

九 新的线索/102

十 得救与绝望/112

答案/124

阿尔伯特·爱因斯坦生平大事年表/127

阿尔伯特·爱因斯坦

——一位天才的科学家/130

一
暗夜盗贼

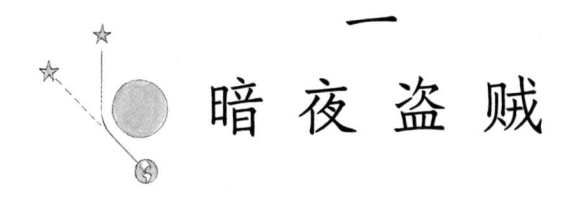

爱因斯坦教授面泛红光,墨色的双眸炯炯有神,恰似深邃的黑水晶。他深情地抚摸着怀里的小提琴,又小心翼翼地把它放入琴盒,仿佛在哄爱子入睡。

雅各布瞅瞅自己的小提琴,它简直就是个制造噪声的木头玩意儿!至少在他拉琴的时候是这样。唉,他一点儿也不喜欢小提琴。

"你看上去就像和你的琴结了八百年的仇。"汉娜打趣道。

"你又不用拉小提琴,你可以弹钢琴,多好。"雅各布冷冷地回她。

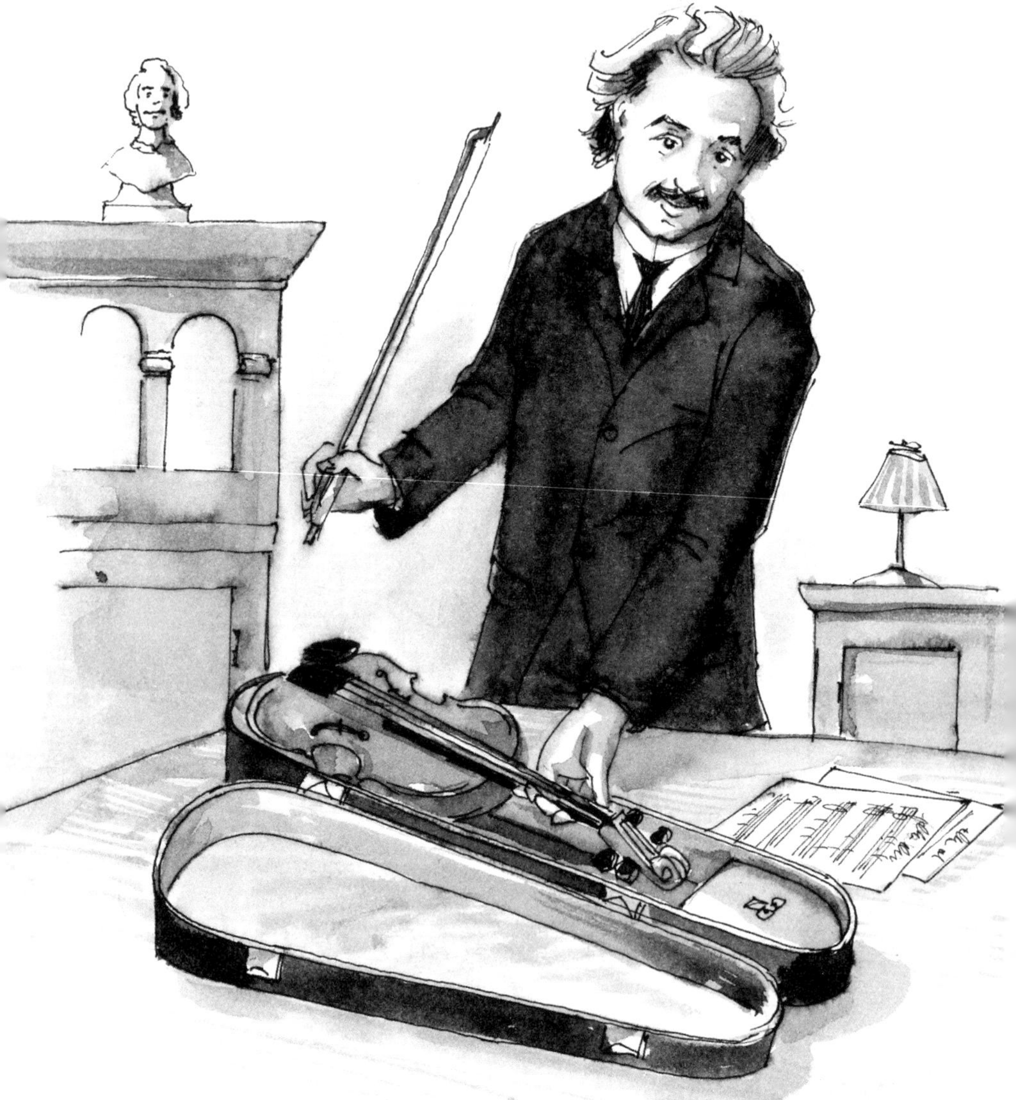

怪异的密码信

"那不还是得和你一样,成天弹那些老掉牙的曲子?唉,咱爸就不能喜欢点儿别的吗,比如探戈①舞曲……"

"或者拉格泰姆②也行啊!"

这对孪生兄妹四目相对,同病相怜,然后叹了口气。他们再清楚不过了,父亲对古典音乐的偏好几乎不可撼动。在金瑟先生看来,拉格泰姆纯属胡扯。没办法,他们俩只能徘徊在莫扎特、巴赫、舒伯特这些名字之间,如汉娜所言,演奏的都是听上去像落了灰的曲子。

"不管怎么说,这周的家庭音乐会总算熬过去了……"汉娜感叹。

可她的话就好像被爱因斯坦教授听到了一样。教授临走时,对汉娜父亲说:"亲爱的金

---

① 探戈,具有拉丁特色的双人舞。文中故事发生的时代大约在二十世纪初,汉娜提及的探戈舞曲是当时的流行音乐。
② 拉格泰姆,诞生于十九世纪末的美国黑人音乐,节奏多变,情绪欢快。

瑟,咱们的家庭音乐会每周就这么一次,真可惜……"

"也许咱们可以多来几次?"金瑟先生恳切地应和着,而一旁的兄妹俩顿时面色煞白。

"那就太好啦!"教授欣喜万分,马上琢磨着自己什么时候有空闲。但实际上,他几乎没有空闲。他一边安排着日程,一边跟在金瑟先生与家庭教师蒂尔曼后面,挪动脚步走出了音乐房。

"天哪,真是怕什么来什么!居然还要多来几次!"雅各布一边发着牢骚,一边筹划着把小提琴大卸八块,好让恼人的家庭音乐会彻底终结。然而就在此时,一股让他难以抗拒的香味儿扑鼻而来,雅各布瞬间把破坏小提琴的预谋抛诸脑后。

"芝士面条儿!"他喊道。

"你还不知道吗?耶特今早就说了……"对

怪异的密码信

于雅各布而言,汉娜的回应堪称最无聊的接腔。更让他郁闷的是,汉娜竟还有心思杵在落地镜前,耐心地摆弄自己的头发。

雅各布抓着妹妹的手就走。当芝士面条儿在不远处"挥手",什么发圈、丝带都无足轻重了。他拉着汉娜穿过走廊,直奔餐厅,不给她任何照镜子的机会。

吃晚饭时，雅各布得极力控制自己，才不至于吃到忘我的地步。可即使这样，他依然狼吞虎咽，有时难免忽略了吃相。有一瞬间，他差点儿噎着，随即招来母亲严厉的目光。雅各布见状，不好意思地咧嘴笑笑，但很快又沉醉在美食里了。汉娜则学着母亲的吃法，每次只用叉子挑起一根面条儿，看起来举止优雅。

不那么优雅的是刚搬进来的两位房客——海因希和路德希。他们是大学生，要在金瑟家暂住几周。"大学生没什么钱，咱们得帮衬一下他们。"金瑟先生常这么说。因此，他们今天也与金瑟一家一同用餐。这两个年轻人正费劲地把芝士面条儿卷到叉子上，生怕出什么洋相。

在汉娜眼里，两位房客比盘子里的面条儿有趣百倍。尤其那个海因希，还是个左利手。和别人不同，他左手拿刀、右手拿叉，成功地吸引了

怪异的密码信

汉娜的注意力。

"还合胃口吗?"金瑟夫人礼节性地问道。她的弦外之音是,她可不愿意听到任何人对芝士面条儿有负面评论。这一点大家也心知肚明。

"好吃好吃!"大家一致回答。两位房客虽然只是默默点头,却也明显是在表示赞同。管家埃洛丝小姐"捏"着法式的腔调,说今天吃的是"珍馐美味"。家庭教师蒂尔曼则想表现得更胜一筹,他一边眯着眼睛做出一副享受的样子,一边摸着自己鼓起的肚皮。这过于直白的风格,反而招来了埃洛丝小姐的无奈摇头,搞

得蒂尔曼有些难为情。趁这俩人没注意,汉娜把一根面条儿丢到桌子底下,被胖乎乎的哈巴狗宝琳接了个正着。它快活地哈着粗气,一口把面条儿吞下肚,嘴里发出"吧唧吧唧"的声音。

"你边吃饭边喂狗?"

真是什么都逃不出管家小姐的眼睛!正当汉娜慌忙地寻找理由时,电话铃骤然响起,她投喂宝琳的"罪过"也被暂搁一边了。

"电话!"雅各布的提醒看似多此一举。他恨不得一跃而起,直奔书房去接电话。但母亲的一个眼神扫过来,让他像一枚钉子一般被牢牢地钉在了椅子上。

"这个时髦玩意

怪异的密码信

儿只会搅得人心神不宁。"金瑟夫人嘟囔着。

"但这是科技的进步!"雅各布插话道。

金瑟夫人长叹了口气。这声叹息到底针对的是雅各布还是电话,那就不得而知了。因为此时此刻,金瑟先生、蒂尔曼以及两个大学生,就电话的发明展开了一场学术论战。他们讨论得热火朝天,直到女佣耶特进来转告电话内容,才不得不消停下来。

"教授来电。他忘了拿小提琴,很是懊恼。拜托我们好好看管,他明天来取。我可以收拾餐桌了吗?"耶特说。

"当然……可以……"金瑟先生用只言片语回答了她。他每每听到耶特惯有的电报式语言,总会觉得无所适从。

耶特正要去收汉娜的盘子,手却突然停在半空,继续"打电报":"哦,对,琴盒里还有笔记本,

很重要,要保管好。他特别嘱咐的。"

第二天一早,汉娜像往常一样,悄悄溜入哥哥的卧室。用人们也刚刚起来,一天的喧嚣还未开始,她可以尽享这个恬静的时刻。

"你注意到了吗?昨晚,那个叫路德希的大学生,有一瞬间,脸突然涨得通红。"雅各布说道。

"没有哇,什么时候?"

"就是耶特说教授忘了拿装有笔记本的琴盒的时候。"

"我倒是留意了另外那个大学生海因希。他听到后,后背瞬间挺得笔直,奇怪……"汉娜喃喃说道。

"这是为什么?"雅各布也想不通。

还没等汉娜开口,一声尖叫突然响起。

怪异的密码信

"是耶特!"孪生兄妹同时惊呼,飞快地奔出卧室,冲下了楼,哈巴狗宝琳紧随其后。他们闯进传出尖叫声的音乐房。

"怎么……怎么会这样……"雅各布目瞪口呆,一时不知该说什么。

汉娜震惊得用手捂住了嘴。宝琳狂吠着,在满目杂乱中嗅来嗅去。

音乐房完全被破坏了。一扇窗户被砸碎了,谱架也被打翻了,乐谱七零八落地摊在地上。一片狼藉之中,耶特怔怔地站在钢琴前,面无血色。

不一会儿,所有人都闻声而至。金瑟夫人差点儿要晕过去,家庭教师蒂尔曼一个劲儿地摇头,两个大学生睡眼惺忪地看着这一切,耶特则小声嘀咕着,不停地埋怨自己。她正要着手整理房间,却被金瑟先生制止了。

"得先让警察查看一下!"他大声说。

"我现在就能告诉您,这个房间百分之百遭遇了入室盗窃……"耶特激动地尖声说道,"至于到底是什么被偷了,也只有等我收拾完了咱们才能知道。但您得允许我收拾呀……"

"入室盗窃?或许的确有东西被偷了。不过我敢断定,小偷儿不是从窗外进来的……"雅各布在汉娜耳边低语。

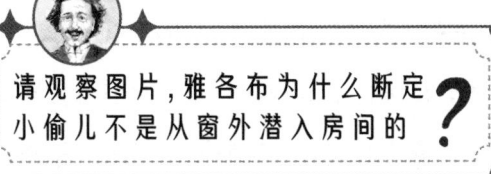

请观察图片,雅各布为什么断定小偷儿不是从窗外潜入房间的?

二 我看到了你没看到的

"嗯,肯定不是。"汉娜不由得对哥哥的洞察力感到佩服。她恨不得马上就把这个惊人的发现告诉父亲。可就在此时,金瑟先生恍然察觉到了被盗之物:"天哪,教授的小提琴不见了!这太可怕了!"他的脸上写满了绝望。

"我的琴也一块儿被偷了,我倒没觉得多可怕……"雅各布不好意思地嘀咕着。

很快,他们发觉家里的银烛台也不知去向了。金瑟夫人一瞬间变得眼泪汪汪的。

"谢天谢地,我的书还在!我刚看到第二章,要是不能往下看,那该多遗憾……"海因希喃

怪异的密码信

喃着，一把抓起钢琴上那本泛绿的精装书。这句话显然不合时宜，不过大家也没说什么，毕竟家里一片混乱，已经够人忙活的了。

一想到马上要到来的晚宴，金瑟夫人便头昏脑涨，而金瑟先生的口中就只剩下"小提琴和笔记本"了。

这时，警察到了。警察在音乐房里走来走去，拾起又放下地上的乐谱。他一边做记录，一边捋着八字胡，嘴里念念有词。随后，他又把其余房间查看了一番，发现它们都安然无恙，小偷儿显然只是将目标锁定在了音乐房。金瑟先生猜想，小偷儿可能被屋里的什么动静吓到了，才没有继续作案。

汉娜和雅各布几次想引起警察的注意，把他们的惊人发现告诉他，可警察根本不把他们放在眼里，还反复向金瑟先生强调，务必让小朋友离

开现场！小朋友？拜托！早在今年夏天，他俩就已经满十二周岁了！

当看到连爸妈对他俩的发现也提不起兴趣时，兄妹俩只得放弃沟通。那就自己行动吧！毕竟，他俩已经读了不少侦探小说，一定可以找出罪魁祸首。

怪异的密码信

"咱们最好先找线索。"汉娜小声说道,雅各布点点头。

然而,他们立马遇到了阻碍,因为金瑟夫人突然发话了:"今天是重要的日子,还有一堆杂事等着我们去做。但愿还来得及!每个人都要在力所能及的范围内发光发热!你们两个,帮着耶特清理银器,快,快!"

金瑟夫人发号施令的时候像个司令。这让汉娜和雅各布意识到,抗议势必无效,探案计划不得不推迟。

在这一天剩余的时间里,金瑟夫人跑上跑下,忙里忙外。她还买到了新的烛台。

午后,烤肉与酿鱼①的浓香飘到汉娜的鼻子

---

①酿鱼,犹太人的传统美食,做法是将整条鱼剔除鱼骨,再将碎肉塞入鱼腹中。

里,让她暂时忘却了充满谜团的盗窃案,不过只是极为短暂的片刻。很快,汉娜又陷入了思考:是谁伪造了入室盗窃的场景?肯定是家里的人。耶特?不。蒂尔曼先生?不,也不会是他。管家小姐?更不可能!

"汉娜,别傻站着发愣了,把烛台放到银盘和哈拉面包①旁边!"

汉娜把视线转移到布置好的餐桌上。银质的烛台与餐具沐浴在荧荧烛光中,发散着温润的微光。父亲的餐位前,摆着那盏精雕细琢、独具匠心的酒杯。汉娜正打算接着梳理探案思路,这时,男人们进入了餐厅。

"阿尔伯特,小提琴的事儿,我真的十分抱歉。我一定尽全力找回它。"金瑟先生对爱因斯坦教授说。

---

①哈拉面包,一种辫子状面包。

教授缓缓地点了点头,怅然若失,来回抓挠着自己本就乱糟糟的头发。"不单单是小提琴,那本笔记才是重中之重。就在昨天来你们家之前,我突然思如泉涌,所以我赶紧把那些极

为新颖的想法写了下来。可现在,笔记本丢了,灵感也转瞬即逝了——我都不知道还能记起多少……"

教授和金瑟先生都垂头丧气的,又同时皱紧眉头。这跟哈巴狗宝琳抢不到美食时的神情一模一样。

"咱们得帮帮教授!"雅各布凑到汉娜的耳边说,汉娜拼命地点头。嗯,他们一定能抓到小偷儿!

正当他们筹划探案行动时,爱尔莎·爱因斯坦①同金瑟夫人一道进入了餐厅。金瑟先生看了一眼手表,告诉大家晚宴马上要开始了。谁料,震耳欲聋的雷声突然响起,完全淹没了金瑟先生的声音。

"哈,暴风雨来了!"爱尔莎说话的口气,听

---
①爱尔莎·爱因斯坦,爱因斯坦之妻。

上去就像她把暴风雨搞丢了,现在又重新找到了一样。她兴奋地告诉丈夫,她正好带了伞,毕竟爱因斯坦教授总是忘带伞。

她继而转向金瑟夫人,悄声打趣道:"幸好他的头已经长在身上了,要不然,我还得不停给他送……"

豆大的雨点打在窗户上,噼噼啪啪,教授没听见夫人的话。

"人到齐了吗?"

金瑟夫人环视了一圈,说:"还缺埃洛丝小姐和路德希。"

"嗯——孩子们,你们去看看他俩在哪儿。"金瑟先生命令道,他的额头上爬上了几条细小的皱纹。

汉娜和雅各布点了点头,起身去寻找。

在楼梯口,他们撞上了耶特。她的脸涨得通

红,喘得上气不接下气,像刚跑完马拉松似的。她手里端着盛有酿鱼的盘子,正试图保持平衡。

"厨用电梯又卡住了。"耶特边埋怨,边向楼上跑去。

"你知道路德希和管家小姐在哪儿吗?"

"哦,路德希还没到?至于那位'火鸡',我才不管她在哪儿呢。"耶特喘着粗气。

汉娜与雅各布相视一笑。他们太喜欢耶特了,喜欢她的直来直去、毫不避讳。何况,他俩与耶特一样,也觉得埃洛丝小姐简直不可理喻。

怪异的密码信

耶特走后,她留在地毯上的湿脚印引起了孪生兄妹的注意。他们还没来得及问缘由,就见埃洛丝小姐匆匆跑上楼,没半点儿淑女形象,更没有她平日里装腔作势的"优雅"。台阶上,她又遭到了哈巴狗宝琳的骚扰。宝琳要么抓她的小腿,要么咬她的鞋子,这让管家小姐瞬间变成泼妇,可她的呵斥纯属对牛弹琴。宝琳死咬着埃洛丝小姐的裙子下摆,最终招来她狠狠一踢。直到她瞧见汉娜和雅各布,才立马挺起身,放平肩膀,重新"捏"起法国腔说:"你们怎么还不去餐厅?"

"爸爸让我们去找路德希。"汉娜义正词严地答道。她抱起宝琳这只胖狗,把它夹在腋窝下,和雅各布一起继续寻人,丢下略带疑惑的管家小姐。

他俩问遍了厨师和用人,可谁也没看到这位新房客。他们只好放弃寻找,回到了餐厅。然而,

令他们瞠目结舌的是,路德希正好端端地坐在那儿。大家的目光都聚焦在兄妹俩身上。

"我还以为,你们俩回不来了……"金瑟先生嘀咕着。

"路德希,你到底去哪儿了?让我们好找!"汉娜大声喊道,结果又收获了管家小姐严厉的目光。

路德希答:"就去了我自己的房间。下雨了嘛,我回去关我房间的窗户……"

"哼,傻瓜才信他说的话!"他们走向餐桌时,汉娜对雅各布耳语。

"为什么?"

"我看到了你没看到的。"汉娜得意又神秘地说。

汉娜为什么不相信路德希的话？

三
怪异的密码信

好吧,好吧,先是无故失窃,又是路德希行迹可疑,家里的怪事接二连三。汉娜眉头紧锁,若有所思,琢磨着探案计划。半晌,她才回过神来,歪着脑袋听父亲说话。可没过一会儿,汉娜的思绪又回到了失窃的种种,直到父亲把手轻放在她头上。

汉娜掀开了盖在哈拉面包上的华丽装饰布。能获许在面包上撒盐,对她来说是莫大的荣耀。她觉得自己真傻,只顾想着找小偷儿和探案,可面前餐桌上的一切,才是更要紧的事情呢。瞧,自我暗示多管用,汉娜的举止没出任何差错。

她坐回椅子,如释重负。现在,她可以安心地想别的了。

该用餐了。汉娜瞟了雅各布一眼,他正两眼放光、摩拳擦掌,对大餐满是期待,恨不得把桌上所有的食物通通吞掉。对雅各布来说,专注于眼前的油煎酿鱼、面丸鸡汤、果香烤鹅、酱烤土豆,可是头等大事,什么小偷儿、侦探、遗失的笔记本,都往后排排吧!

"汉娜！快把盘子递过来……"金瑟夫人催促着。

汉娜吓了一跳，把盘子递给了母亲。雅各布紧接着踢了一下她，她本想大叫"哎哟"，却发觉他是有意这样做的。雅各布把眼珠转向海因希，示意汉娜留心此人。他到底是什么意思？

汉娜扫视着周围的每个人。

怪异的密码信

教授正解释着广义相对论与狭义相对论的区别,大家听得入神。不过,好几个人的眼神里,似乎都流露着这样的心声——他们开动脑筋、洗耳恭听,可教授讲的一切,他们还是一窍不通。这就好比汉娜总是告诫宝琳不能撕咬女士的裙摆,尤其不能招惹管家小姐,可宝琳呢,每次都是一脸茫然。

此刻,汉娜倒是注意到,或许并非每个人都听得晕头转向。海因希和路德希都在绷紧神经听着,似乎能在某种程度上理解教授的理论。莫非这就是雅各布想让她注意的地方?

"可是如果这样,您就否定了伟大的牛顿!"海因希反驳道。

"不,不,我认为教授的理论不是否定牛顿,只是将牛顿的理论相对化……"路德希怯生生地说。

教授哈哈笑了起来:"对,说得好!"

"但是,还有质疑和批评的声音,对吗?"得到教授的鼓励后,路德希壮了壮胆,追问道。

"是的,当然有。"教授若有所思地回答,扬起的眉毛把前额挤出了抬头纹。

"谁敢质疑您?"金瑟先生直言不讳。他明

怪异的密码信

摆着有些愤愤不平,说完就喝了一大口酒。

"就在几天前,德国自然科学研究协会组织了一场学术活动,主要讨论自然科学的可持续发展,我也在场。当时就有不少物理学家和其他学科的科学家认定,我的理论会颠覆现有的世界观。"爱因斯坦教授讲述着。

"胡说八道!"金瑟先生脱口而出,招来了妻子严厉的眼神,她不愿听到如此粗鲁的字眼。

金瑟先生的怒不可遏得到了路德希的支持。"的确,不是所有的科学家都能接受新的观点。"路德希说。

"我读过一些评论,说爱因斯坦教授的观点好比科学界的达达主义[①]……"海因希边插话,边把玩手中的酒杯,把它在桌布上蹭来蹭去。

[①] 达达主义,1925年在瑞士兴起的艺术与文学运动。达达主义的艺术家们故意使用不合逻辑的表达,甚至是无稽之谈来质疑艺术本身,同时也向保守的中产阶级提出挑战。

"请原谅我的无礼!"金瑟先生愤怒了,挑起眉毛,把脸转向海因希,"在我的家里,我不想再听到类似的话!"

海因希的脸羞得通红,教授立马安抚好友:"金瑟,别生气。海因希只是引用了某些德高望重的科学家的话而已。"

"谢谢。"海因希低声说,呆呆地靠在椅子上。

"不,这让我很忧心,还有你的小提琴,还有被偷的笔记本!"金瑟先生的头摇得像拨浪鼓,思绪杂乱。金瑟夫人马上意识到,她有必要制止目前的混乱了。她赶紧按铃,叫耶特

怪异的密码信

把水果沙拉与干果蜜饯送来。

"是呀,我的小提琴。唉,我都不愿去想。"教授耷拉着头低声说。他的妻子爱尔莎补充道:"对他来说,小提琴就像自己的孩子一样。"

"那是些什么笔记?"路德希问道。

因小提琴失窃而心烦意乱的教授随即回过神来,稍稍挺直身子说:"是一个新理论的大致想法,我觉得它们至关重要。但愿能找回这些笔记吧,否则,这将是一个巨大的损失!"

一提起失窃事件,金瑟先生就郁闷起来,所幸耶特端着小食及时救急。瞧着教授手拿蜜饯心情欢愉的样子,他这才稍稍舒了口气。

落地钟敲了十一下。一片黑暗中,汉娜仔细听着周围的动静,大伙应该都酣然入梦了吧。她敏捷地跳下床,套上睡袍,轻轻地溜出房间。她

和雅各布约好了此刻会面,他们要为教授找回那个极其重要的笔记本!

还没走到走廊的拐角,汉娜突然听到有两个人在悄声对话。她吓得打了个激灵,赶紧把身体

靠在墙上。

谁还醒着？汉娜好奇地竖起耳朵。是耶特和管家小姐！她们似乎在争吵。

"你在搞什么鬼，我可是都知道！你给我小心点儿！"这是管家小姐的声音。

紧接着，汉娜听到一声藐视般的冷笑，估计来自耶特。

然后传来下楼梯的脚步声，再之后是两扇门开了又关的声音。

汉娜松了一口气，凝神静听片刻，确定没有动静了，才打算离开。

咦，那是什么？

她留意到，就在耶特和管家小姐刚才站着的地方有张字条。汉娜拾起它看了一眼，不禁惊讶得倒吸一口气，连忙钻进了雅各布的房间。

"是时候开始行动了。看，我刚捡到的——

一封密码信!"

雅各布顿时从床上蹦了下来。

"上面写的什么?"

"挺怪异的,我还没看明白,毕竟是秘密消息。你快来帮我看看!"

NAIMGNEP

NIJUFUWIHSILAD

IAZAILNAZNAIDUW

UWAIXIRUOHZ

密码信上写着什么？

四
睁大眼睛，仔细观察

"周日下午五点，咱俩在大理石屋①附近碰面。"床头灯下，汉娜捏着这封怪异的密码信，把这句话念了一遍又一遍。

"嘘，不能太大声。"雅各布提醒她，之后开始在房间里来回踱步，"这封密码信一定和盗窃案有关。咱们之前已经断定，所谓的入室盗窃，不过是住在咱家的某一个人制造的假象。也正是这个人偷了烛台和小提琴，还有那个笔记本，而且……"

---

①大理石屋，上世纪二十年代柏林著名的电影院，位于选帝侯大街，至今仍能见其招牌。

怪异的密码信

雅各布说不下去了。汉娜起身走向他,同时毫不迟疑地说:"而且,这个人还有一个同伙。你是想说这个吧?"

"没错。咱们手头的唯一线索,就是小偷儿和同伙约好在周日见面。除此之外,还是谜团重重。"

汉娜点头应道:"首先,这封密码信是怎么进入咱家的?或许这个同伙也住在咱家,却和小偷儿没有当面沟通的机会。你想想,今天大家都忙

前忙后,一分钟也没消停。其次……"

汉娜说到这里,语音戛然而止,挂在嘴边的话,她根本无法说出。她抬头望了一眼雅各布,轻叹一口气。雅各布缓缓说道:"其次,这封密码信的收件人是谁?是管家小姐还是……还是……耶特?"

终归还是说破了。雅各布说出了兄妹俩都不愿听到的猜想。耶特是小偷儿?盗贼?一个表里不一的卑鄙小人?而且明天会和同伙见面?不!绝不可能!耶特已然是家里的一分子了:她打电报式的说话风格、畅快的柏林腔、对管家小姐的不屑一顾,还有,不管他们这对孪生兄妹做了怎样荒唐的事儿,她永远都站在他们这一边。

汉娜的万千思绪在内心激起波澜。她怎么也不肯把耶特揣测成小偷儿,但在找到证据之

前,的确无法排除这种可能性。

"到了周日,真相就会明了……"雅各布的声音回荡在昏暗之中。

"是呀,但愿如此。"

往日里,悠闲的周日总是转瞬即逝,但这次,时间就像耶特熬米粥一样漫长。那还是之前的某一天,厨师得了感冒需要卧床休息,耶特不得不熬些米粥。她慢如蜗牛,熬了好久才把粥熬好。

今天,对兄妹俩而言,简直是度日如年。无论做什么,都不能让雅各布把心思从案情里拉出来。换作平日,他早就津津有味地吃起煮鸡蛋与腌鲱鱼了。而今天,他只是索然无味地嚼着莴苣叶子,心事重重。他的反常引起了母亲的担忧,金瑟夫人甚至把手放在他的额头上,看他是否发

烧了。

"不要引起大人的注意!表现得正常点儿,把面前的东西都吃完。"汉娜小声提醒他。雅各布不情愿地重拾往日的角色,表现得胃口大开,伸手就去抓烤肉、凉菜,还有面包。

散步后,为了不引人注意,雅各布把两盘杂烩也一扫而光。这让汉娜和金瑟夫人都备感欣

怪异的密码信

慰,尽管二人是出于不同的原因。

雅各布呢?他一心只盼着下午的到来。下午他们就能知道谁是罪魁祸首了,还能揪出那个同伙,整个盗窃案就真相大白了!难道不是吗?

漫长的等待会消磨耐性,不过兄妹俩总算是熬过去了。此刻,他们正准备前往柏林市中心的大理石屋!

和每个周日下午一样,金瑟夫人在家张罗着家务,与厨师商讨下周的食谱。金瑟先生待在俱乐部里。耶特和用人卡尔周日会休息一整天。管家小姐和家庭教师蒂尔曼也出门了。汉娜和雅各布处于"放羊"状态。

汉娜心想,可算到了抓坏人的时候。随雅各布踏上电车的那一刻,她激动的心情溢于言表。车上没有空位了,他俩被挤在靠近门口的地方,

43

夹在一位头戴大帽子的女士和一位手持拐杖的先生之间。

他们用祖母给的钱买了票。售票员走过来，在票面上打了孔，咕哝道："宠物禁止乘坐电车。"可面对汉娜一脸无辜的撒娇状，以及宝琳"哈哈"的喘气样，售票员意识到，他没法儿把孩子们和宠物狗赶下去，也就认命了。

在接下来的车程中，汉娜不停地与身旁女士的大帽子做斗争，帽子上长得惊人的羽毛总是蹭到她的头发；持拐杖的男人无意间踩到了宝琳的尾巴，宝琳尖声乱叫起来。终于，售票员的声音响彻车厢："选帝侯大街[①]到了！"

雅各布与汉娜从车上跳下，直奔大理石屋电影院。

[①]选帝侯大街，柏林著名的街道之一。早在上世纪二十年代，这条主街便布满咖啡馆、餐馆、剧院、歌舞厅以及电影院。如今，它仍吸引着无数游客前来。

售票厅前熙熙攘攘，路上满是溜达闲逛的人：卖花女、卖报童、擦鞋匠、漫步的游客……嬉笑声、谈话声，各种声音夹杂在一起，让人分辨不清。双层公共汽车、电车与小汽车都鸣着喇叭，彼此"推搡"着向前行进。这一切都让雅各布感觉不大舒服。

"这样的地方，怎么可能找到人呢？"他有些

崩溃地嚷道。

"'睁大眼睛,仔细观察!'这是咱们的座右铭,希望有个好结果吧。"汉娜沮丧地回应着。

倒是宝琳,在后面死死地拖着狗绳。它停在了一个卖甘草糖的摊位前,挪不动步了。它哼唧着,呼哧着,摇着尾巴,扯着绳子,叫唤个不停。

怪异的密码信

"真是火上浇油!"汉娜无奈地叹着气,却也意识到,这甘草糖是非买不可了。宝琳最近热衷于吃甘草糖,如果不买,它连晕倒的招数都能使出来,那更不利于他们的探案工作了。没办法,他们只得被宝琳牵回糖果摊前。

买了糖,祖母给的钱差不多花完了。宝琳欣

喜若狂，在吞下甘草糖的那一刻，它满脸都写着幸福。汉娜一边从印有黑猫图案的粉色包装袋里掏着甘草糖，一边紧盯着大理石屋那边的动静。

售票厅前，排队等候的人越来越多了。

"据咱爸说，最近电影院在放映一部恐怖片。你觉得小偷儿和同伙会在影厅里见面，还是在电影院外面？"雅各布被挤得有些神情恍惚，胡乱猜想着。

汉娜没有回答，她目不转睛地盯着电影院入口。然而，她最不愿见到的一幕还是出现了。雅各布跟随她的目光，目瞪口呆地看着眼前的这一切。耶特站在那里！绝对没错——是耶特！

"噢，不！"他闷声说道，语气里是万分的难以置信。

"恐怕……这就是事实。"

怪异的密码信

"那……站在她旁边的是谁?好像是住在咱家的大学生房客!不是海因希,就是路德希。可到底是谁呢?真是的,这俩人从后面看,根本分不清!"

汉娜和雅各布挤向了离电影院更近的地方,同时试图混在人群中,他们可不能被发现!汉娜想把雅各布拉到一个广告柱后面,在那里能看得更清楚些。可是,他俩花了好久才蹭到那里,只看到耶特和那个年轻男人买好了票,随即便消失在电影院里了。

"到底是谁呀?难道咱俩还得等到电影结束吗?"

"不用。"汉娜回答,"我已经知道他是谁了!"

售票处

近期上映

汉娜注意到了什么？和耶特一起来看电影的人是谁？

五
潜伏

"所以说,耶特和路德希是一伙的。这……这太可怕了。"汉娜沮丧地说。

"再等一等——或许还有转机?"雅各布的眼睛里仍闪动着希望的火苗,"是,咱们是看到了耶特和路德希,可赃物呢?我并没看到小提琴盒。没有人赃俱获,就说明不了什么,也许耶特和路德希只是碰巧在这里呢。"

"如果真是这样,那咱们的探案行动就是竹篮打水一场空。"

"为什么?"

"咱们把注意力全放在了耶特和她的同伴身

上，却让真正的罪魁祸首成了漏网之鱼。当然，也不排除耶特和路德希是真正的小偷儿，那就说明咱俩漏看了赃物。"

"这地方那么热闹，要是漏看了什么，也是难免的……"雅各布无奈地叹了口气，"何况咱们也不能久留。如果让咱妈发现了，她那个'河东狮吼'估计能让咱俩失聪。所以，趁她还没察觉，咱们赶紧回去。"

汉娜点点头，把一颗甘草糖塞进嘴里，若有所思地嚼着。这一幕被宝琳瞧见了，它急得想跳墙，毕竟它可是把所有甘草糖都视为私有的。它大口呼哧着，扑到汉娜身上以表抗议。

怪异的密码信

"或许还有抓小偷儿的机会……"汉娜丢给宝琳一颗甘草糖,迟疑地说,"咱们只需守株待兔。现在在家的人,都可以排除嫌疑,之后回来的人……"

"……就有嫌疑。"雅各布补全了汉娜的话。

"所以,咱们更得赶紧回去!"

"我还是希望,这事儿与耶特没有半点儿关系!"汉娜把宝琳夹在腋下,跳进电车,呼了口气说道。

回家路上,这个想法占据着汉娜的大脑。一路上,他俩一声不吭地走着,直到家门口。

"马上就能缩小嫌疑人的范围了!"冲进门的那一刻,雅各布兴奋地说。

然而事与愿违,雅各布的话只是一个美妙的幻想。不仅耶特与路德希不在家,连厨师和用人也不见踪影!

楼上传来缕缕乐声,是个历经沧桑的女声,至少她的音色听上去如此。

"咱们起码可以断定,咱妈是在家的,她正开着留声机。"

"这可真是一个令人叹服的结论哪!"汉娜边假惺惺地说,边用拳头捶着哥哥,"妈妈本就是你心目中的头号嫌疑人,对吧?!"

"嘿,谁知道呢?也许她也不喜欢咱们的家庭音乐会,那她就有了作案动机。"雅各布咯咯地笑道。

这时,一个想法在汉娜心里乍现,她没接着和雅各布辩论,而是着手开始布局:"咱们可以潜伏在那儿,观察并记录每个人回家的时间,说不定会发现新的线索。"

"最好躲到花园的菩提树下,那里的位置好。"雅各布补充道。

怪异的密码信

为了不引起别人的注意,他们蹑手蹑脚地走到外面,溜到了房子侧面的菩提树下,躲在粗壮的树干后面。

"你盯着用人进出的门,我负责大门,可以吗?"雅各布低语道,汉娜点了点头,又贴近了树干一些。

"什么时候才能有点儿动静啊!我等得要抓狂了。"她急得直跺脚,恨不得马上找到一个能判定耶特无辜的证据。

一个多小时过去了,紧张的气氛淡去了不少。秋日里金灿灿的太阳徐徐落到了山后,拉斜了人影,凉风时时袭来,房子里也亮起了灯。

"这些人都在干什么呀?"汉娜哆哆嗦嗦地搓着手,发着牢骚。

她自己也不清楚身上瑟瑟发抖到底是怎么回事。是因为傍晚的凉意,还是参天古树的树影?是因为灌木丛沙沙作响间传来的夜风,还是化作黑色天鹅绒毯悄悄爬上她肩头的夜色?她没有答案,只感觉到雅各布为了取暖,也在一点点贴近她。

"变冷了。"他的声音微颤。

"嘘,看那儿!"汉娜低声说,手指着花园里

的洗衣房。

　　雅各布朝她所指的方向望去。汉娜说得没错！的确有一个人影，正匆匆往洗衣房跑。随着钥匙转动的声音，那个朦胧的身影一下子消失在洗衣房里。

　　"是谁？"虽然雅各布在尽量压低声音，但他仍觉得自己的声音仿佛响彻花园，甚至能直达市中心。

　　汉娜直勾勾地盯着洗衣房，没有应答。

　　洗衣房的门再次打开了，那个身影瞬间又

隐没在夜色中,然后以闪电般的速度钻进了房子里。

"行踪诡秘!好端端的,周日晚上跑到洗衣房去干什么?会是谁呢?看上去好像穿的是裙子,是不是?"雅各布念叨着,"真遗憾,没看清楚。"

"这还不是最糟糕的!"汉娜指了指大门口。有人进了院子,但是他们分辨不出谁是谁,只见

怪异的密码信

一行人迈着大步走来。

"真是倒霉！等了半天都没人，现在他们竟成群结队地回来了！这下好了，咱们彻底查不出刚才那个人是谁了！"

"趁他们没进屋，咱们得赶紧回去！"

雅各布拽着汉娜跑向用人进出的门。一进入暖融融的房间，两人身上的寒意好像瞬间消散了。还没来得及弄清是谁去了洗衣房，他们就在玄关处撞上了刚刚进屋的金瑟先生与管家小姐。

"咦，你们在这儿做什么？还跑外面去了？为什么不待在房间里？"管家小姐高高挑起的眉毛像放大镜一般放大了这一连串问题。

汉娜先给了父亲一个拥抱，后给管家小姐行了一个屈膝礼，赶忙说："噢，我们只是想捡些落叶，不过天已经太黑了。"

还没等管家小姐继续发问，汉娜就拉着雅各

布冲上了楼。

"现在可怎么办?"她气喘吁吁,倚在走廊的墙上。

"不知道。我只是隐约听到了厨师和厨房女佣的声音,但我也没把握。毕竟那么多人,一股脑儿全涌进来了!真让人崩溃!"

"那咱们就只能检查洗衣房了,说不定在那儿能找到什么线索。"

这个想法虽好,却卡在一点上:钥匙。

"咱妈有钥匙,还有就是耶特……"汉娜没好气地说。不知为何,无论他们想实施什么探案行动,采取什么探案思路,总是绕不开耶特。

"你们在这儿干什么?"金瑟夫人刚踏出她的房间,便瞧见两个孩子在走廊里晃悠,她一脸不解,眉头微蹙地看着他们。

雅各布料想,若母亲追根究底,只会让自己

怪异的密码信

与汉娜的处境更加艰难。于是,他索性跑向母亲,给了她一个热情的拥抱,开口说道:"我们正在琢磨去哪个房间玩儿,去汉娜那儿还是我那儿,或者……"

"哦,那好……我得去准备晚餐了……"金瑟夫人的回答略带敷衍。倘若说什么是她最不喜欢的,那就是喋喋不休地胡言乱语。她在雅各布的额头上轻吻了一下,翩然下了楼梯。

孪生兄妹的脸上泛起了狡黠的笑容,他们不费吹灰之力就能拿到钥匙了。汉娜钻进母亲的房间,雅各布在门口望风。不出几分钟,汉娜就拿着从家务抽屉里找到的一串钥匙跑了出来。

"开路,洗衣房!"雅各布振臂高呼。

然而,等他们站在洗衣房门前,打量着那一大串钥匙时,雅各布的喜悦之火被浇灭了不少。

这么多的钥匙里,哪一把才是对的呢?

61

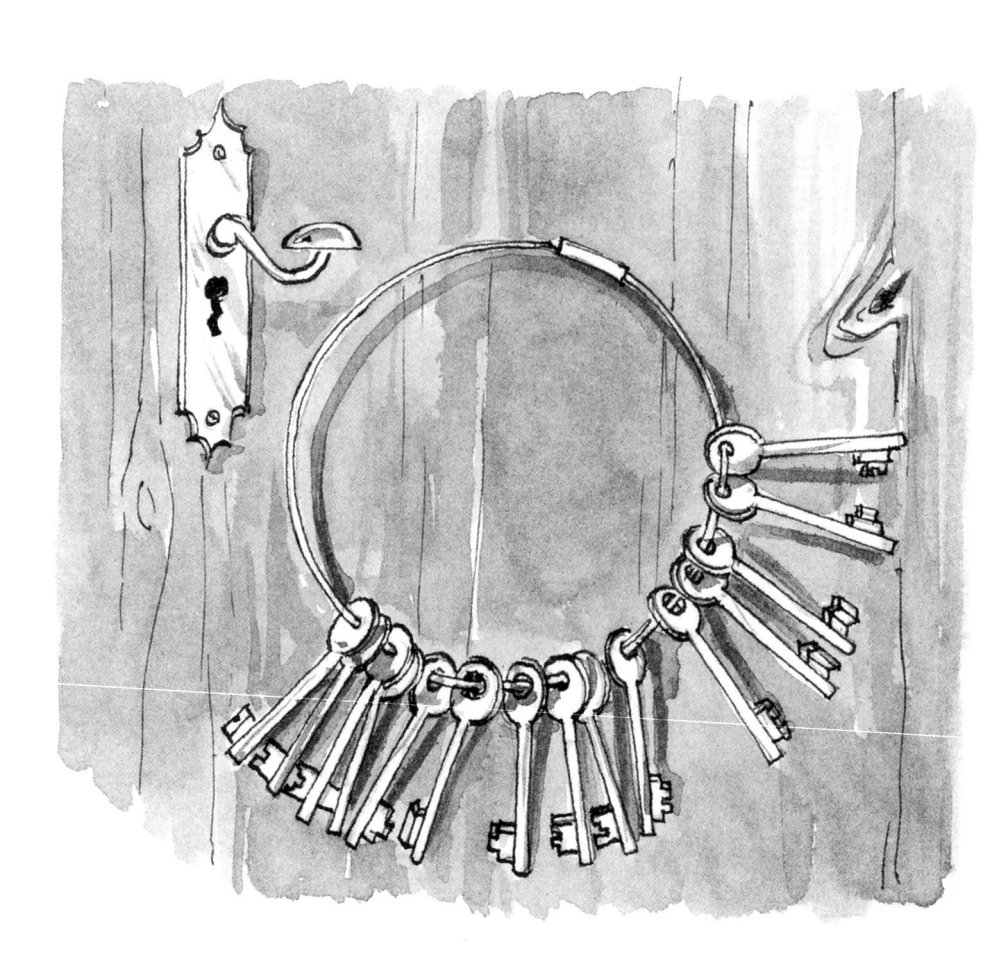

请看图，哪把钥匙可以打开洗衣房的门？

六 嫌 疑

兄妹俩虽然顺利进了洗衣房,但他们的探案工作还是一筹莫展。眼前黑咕隆咚一片,他们什么也看不见。饱尝数次撞到浴盆和木桶的痛楚后,他们只得放弃。等天亮再来彻查吧,那时应该会方便很多。就这么办。

第二天早餐过后,二人便直奔洗衣房。然而,他们的计划却差点儿被家庭教师蒂尔曼给"破坏"了。因为蒂尔曼先生在去研习室的路上突然决定要给汉娜和雅各布开小灶,他说这样才有教学的样子。

"要不然我自言自语,净说些烂熟于心的东西……"蒂尔曼先生无所适从地补充道。

"我们马上到!只是……"

"……只是我们受人之托,忠人之事,还有个任务要完成!"雅各布帮汉娜打圆场。

怪异的密码信

这听上去话里有话,却也不至于被当作谎言。蒂尔曼先生双眉微蹙,想打破砂锅问到底,却只想到一个问题:"那,是受谁之托?"可这时,两个孩子已飞奔而去。

雅各布边跑边回过头,简短地答道:"受全家!"

这虽是实话,却让蒂尔曼先生更为不解。他半张着嘴良久,也没能让新问题冒出来。

谢天谢地!雅各布暗想,紧跟着汉娜冲进了花园。

周一清晨的洗衣房并未上锁,兄妹俩也不必担心钥匙的问题。他们毫无顾虑,大摇大摆地走了进去。

"啊!"一声惊恐的尖叫骤然传来,吓得汉娜本能地也用尖叫来回应。

耶特在那儿!她就站在木桶边堆积如山的

衣物中，手里正拿着那个被偷的烛台！她惊魂未定，一下没拿稳，导致烛台滑落到地上，发出"哗啦啦"的声响。

倒在地上的烛台，犹如一个不可逾越的鸿沟，横亘在耶特与孪生兄妹之间。

"耶特……"汉娜开了口，却百感交集，不知该说什么。雅各布呆呆地看着烛台，一声不吭。

怪异的密码信

"我……刚在这儿发现了它……"耶特用颤抖的声音试图澄清,同时怔怔地望着烛台,如同望着一个突然出现的幽灵。

"我们必须告诉爸爸。"雅各布咕哝道,听上去没一点儿兴奋劲儿。

耶特默默地点了点头,汉娜的眼泪差点儿要夺眶而出了。这不明摆着,耶特就是那个小偷儿了吗?

"我也一块儿去。"耶特说道,她的声音平静了下来,眼里闪着坚毅的光,步履也随之坚定。然而,她刚向前迈了一步,靴子就触到了一个坚硬的东西。她停在那里,弯下腰,翻开盖在上面的衣服,竟拖出了一个小提琴盒!

"啊哈,今儿个太阳打西边出来了……这不是教授的小提琴盒吗?"雅各布说道。

"这里面是不是还藏着什么?"汉娜暂时打

消了对耶特的怀疑,跟她一起跪在衣服堆里翻找。不一会儿,汉娜就拎出了另一把小提琴,是雅各布的。

"好了,咱们去找爸爸吧,听他怎么说……"汉娜喃喃着。

怪异的密码信

金瑟先生起初默不作声,静静地坐在办公桌前,听孩子们有声有色地讲着他们的侦探故事。

"东西都找回来了?"沉默片刻之后,他想再次确认一下。

"不,不是所有的东西。我们把琴盒翻了个底朝天,也没见爱因斯坦教授的笔记本。这表明,小偷儿只对笔记本感兴趣!"雅各布答。

金瑟先生略加思索,然后瞪着兄妹俩:"好,你们所说的这些,只向我证明了一点,那就是你们两个在搞恶作剧,还开了一个天大的玩笑!"

"可是爸爸……"汉娜愕然地望着父亲,但父亲挥了挥手,不让她继续说下去。

"我就知道,你们俩根本不喜欢家庭音乐会,所以故意弄丢小提琴,这不是显而易见的吗?"

"可我们怎么着也不会打破窗户!"

金瑟先生紧盯着汉娜的眼睛,终究还是选择信任孩子们。

"好吧,那我现在就告知警察,但我绝不相信,咱们的耶特会与盗窃案有任何牵连。好了,我要处理我的事情了,否则,咱家也不会再有值得偷的东西了……不对呀,你们不是应该在上课吗?"

汉娜与雅各布听罢,赶忙逃离父亲的办公室。耶特跟着他们,步履沉重地走下楼梯,进了厨房。

雅各布歪着脑袋,问汉娜:"你觉得耶特会是小偷儿吗?"

"不如直接找她谈谈好了。"汉娜提议道。

雅各布用行动表达了他的赞同,拉着汉娜冲下楼梯,直奔肉类厨房[1]。

---

[1] 许多犹太家庭有两个厨房,一个用于制作肉食,一个用于制作含奶的食物。烹饪器具与餐具也会做相应的分类,比如用来做肉食的锅,绝不会用来做含奶的食物。

怪异的密码信

俩人冒冒失失地冲进去,把耶特吓了一跳。她正搅拌着锅里的肉汤,手里的勺子差点儿掉到台面上。

她六神无主地看着兄妹俩,嘀咕道:"被怀疑的滋味真不好受。还有,如果你们想问我为什么偏偏在这儿,我可以告诉你们,是厨师让我在这儿顶替她一会儿,把这玩意儿搅拌一下。"

汉娜欲言又止,她不知如何表达才能恰到好处。这时,雅各布扯了一下她的袖子。

"干吗?"等他们穿过储物间,她不耐烦地问道。

"耶特往常可没这么一惊一乍,说明她昨天真的看了那部恐怖片。所以她去电影院,不单单是为了和同伙见面,或者根本就不是。"

"你说得对!"汉娜兴奋地补充道,"路德希和耶特一道去了电影院。蒂尔曼先生一般会在周日去探望他的母亲。那其他人呢?我们一直留意耶特,却把剩下的人都给忘了!"

"那么,是时候改变这种情形了。"

他们开始了解其他人在周日下午的去向,可这并非易事,毕竟现在本应是上课时间。所以他们必须迅速完成行动,尤其要赶在蒂尔曼先生反应过来之前。要是被管家小姐逮着,那就更糟

怪异的密码信

糕了！不过，通常在这个时间，她会陪母亲去采购。总体说来，兄妹俩现在还有些自由空间。至于他们如何说服蒂尔曼先生不要把他们"请假"的事儿公之于众，目前还处于无解状态。这个问题以后再说，眼下当然是抓小偷儿更要紧。

正当他们挨个房间走访时，哈巴狗宝琳也加入了他们的队伍。能在这个时间点碰到他们，宝琳喜出望外，拼命摇着尾巴。或许兄妹俩也饶有兴致，能陪它玩玩抓取游戏？它满心期待，屁颠屁颠地跟着汉娜和雅各布进了藏书室。

"咦，这个时候，你俩来这儿做什么？"

这是这两天里兄妹俩最常听到的问题。这次发问的是海因希，他正坐在壁炉旁翻看一本书，时不时抄着笔记。

"那个……"汉娜含糊其词。她走到海因希的身旁，目光越过他的肩头探看，惊异于他用左

73

手写字的速度。他写的是花体字母,大写的字母"R"被他添加了过多的装饰,看上去有些奇怪。

"对了,海因希,昨天下午你在哪儿呀?在市中心吗?"雅各布装作无意间问起的样子。

海因希虽没表现出不情愿,但这个问题显然

出乎他的意料。

"没呀,怎么了?我不爱出门,自打住进来,我还没有去过市中心呢。"

海因希没有进一步解释。宝琳好奇地绕着他的裤腿嗅来嗅去,突然亢奋地狂叫起来,嘴里哈着气。兴奋状态下的它根本不受控制,纵身一跃,冲着海因希直扑了过去,差点儿撕碎了他的裤腿和书。

"奇怪了,只有两样东西会让宝琳发狂:一个是管家埃洛丝小姐的裙子下摆,另一个是……"雅各布欲言又止。

雅各布指的"另一个"是什么?

七
恐 吓 信

"你们倒是让这个畜生走开呀!"海因希骂骂咧咧的,挣扎着要甩开撒泼的宝琳。可宝琳不为所动,一边狂吠,一边猛摇尾巴,使出浑身解数也要叼出他裤兜里的东西。宝琳的眼神里流露出誓不罢休的坚定,这让汉娜费了好大力气,才把它从海因希身上拽回来。它最后用歇斯底里的"汪汪"声表达着自己的气恼,却根本没得到海因希的理会。

"看看,把我裤子都扯成什么样了!"

他抚平自己的裤子,本想继续发牢骚,却被雅各布的新问题打断了。

怪异的密码信

"你就那么不愿意透露你昨天的去向吗?下午五点左右?"雅各布咕哝着,故意装出天真无邪的样子。凭这副表情,他几乎可以去选帝侯大街的剧院里表演了。

海因希没搭理他,只是继续怒骂着宝琳。宝琳只听懂了自己的名字,误以为是可以吃东西了。它灵敏地从汉娜的怀里跳了出来,再次直扑向海因希。

"快把这个混账给我撵走!好好好——我给你点儿甘草糖,行了吧。"海因希被折腾得筋疲力尽,无奈地从裤兜里掏出一袋甘草糖。包装袋是粉色的,上面印着一只黑猫!汉娜和雅各布意味深长地对视了一眼,心照不宣。他们知道,整个柏林只有一家糖果摊用这种包装袋!

宝琳津津有味地舔着甘草糖,才不在乎糖的来源呢。

77

"你真的没去过市中心吗?选帝侯大街也没去过?"汉娜继续问道。

"也许去过,我也记不清⋯⋯"

说着说着,海因希突然激动地发起火来,冷冷地威胁道:"给我闭嘴!你们真的坏透了,比哈曼①还坏!"

听到这话,汉娜与雅各布都吓出了一身冷

---

①哈曼,波斯帝国的一名反犹大臣,试图灭绝犹太人。倘若犹太父母对孩子说"你像哈曼一样坏",就是极为严厉的斥责。

怪异的密码信

汗。海因希怎能说出如此鲁莽的话？看来，撤退是唯一的解围方法。

他们来到走廊里，雅各布眯起眼睛回望了一眼藏书室，确定海因希没有跟踪他们后，才长舒了口气说："你说，他这个人怎么这么讨厌？！"

"是呢，但这一切都说明他在撒谎！他肯定去过市中心，毕竟只在选帝侯大街才有这种包装的甘草糖。我倒想知道，海因希还藏了什么。"

"这还不简单，直接去他的房间不就好了……"雅各布说道。

"绝对不行！"

"只是为了破案嘛。"

汉娜被雅各布说服了。她夹紧腋下的宝琳，轻轻挠了挠它的耳朵，匆匆地与雅各布溜进了海因希的房间。

"你去检查柜子，我去看床下。"雅各布指挥

道,汉娜点头同意了。

　　检查柜子时,汉娜放开了动弹不得的宝琳。宝琳很快就喜欢上了这个新鲜刺激的游戏。它凑到雅各布身边,钻到床下嗅来嗅去。

　　只可惜,床下除了一些灰尘毛絮外,别无他物。这些灰尘毛絮要是被母亲看到了,肯定会作

为用人们做家务马虎的证据。雅各布一边这样想着,一边忍不住咯咯笑了起来。幸好,正常情况下,母亲不会钻到床下。

"你们两个在这儿搞什么名堂?"

埃洛丝小姐的声音突然刺入汉娜与雅各布的耳朵,听上去如世界末日来临般恐怖,让人始料不及、不寒而栗。

他俩探案心切,竟忽略了管家小姐与母亲已经到家的事实!

雅各布费了好大劲才从床底下钻出来,他弹了弹鼻子上和衣服上的灰尘毛絮,想寻求汉娜的援助,却见汉娜也因为受到惊吓,猛地合上了柜子门。

埃洛丝小姐满脸通红地瞪着他们,唇齿间挤出威慑的字眼:"跟我去你们父母那儿!立刻!马上!"

汉娜和雅各布瞬间变成木偶，完全听从摆布。他们耷拉着脑袋，拖着脚步，心里揣着不祥的预感：一场前所未有的"暴风雨"正步步逼近。

可父母劈头盖脸的训斥并没有如期而至。管家小姐的喋喋不休反而改变了金瑟夫妇对她的印象。

怪异的密码信

金瑟先生捻了捻油光可鉴的小胡子,庆幸自己面前还有个办公桌挡着。这样,管家小姐的怒火不至于殃及他。

金瑟夫人一直皱着眉头,好不容易等到埃洛丝小姐的呵斥有了停顿,她开口问道:"那么您去了哪里?您的分内工作,不应该是在午餐前的课间休息时间照看孩子们吗?"

管家小姐更加愤愤不平了:"哼,他们根本就没去上课!我准备去接他们的时候,发现蒂尔曼先生正四处找他们呢!"她发起了新一轮的"河东狮吼",可还没说两句,宝琳就又开始咬她的裙摆了。

"这个畜生!"她大骂着,试图踢开宝琳。

"宝琳!"金瑟夫人只把手往走廊的方向一指,宝琳便立马放开了管家小姐的裙摆。它连滚带爬地去了外面,脸上仿佛还挂着一丝带有歉意

的假笑。

这时,雅各布果敢地朝父亲的办公桌迈了一大步,斩钉截铁地说:"爸爸,请相信我们,我们真的不是在故意惹事。海因希百分之百是个骗子,我们正在寻找证据。"

"放肆!你这是睁着眼睛说瞎话!"埃洛丝小姐立即反驳。

"这是事实!"雅各布与她僵持着,"海因希说,他从没去过市中心,可他的裤兜里却有从选帝侯大街买回来的甘草糖!"

"这能说明什么?"金瑟先生满脸困惑,接着说道,"买甘草糖而已,又不是犯罪。况且口袋里有甘草糖也不能说明什么呀……"

"对呀,也可能是裤子破了,暂且拿包装袋充当裤兜……"金瑟夫人猜测道,顿时怀疑起两个大学生的服装打理能力。

怪异的密码信

"大家这是怎么了?耶特刚才说,家里因为盗窃案这事儿已经闹翻天了。"恰巧这时,爱因斯坦教授进来了,完全忽略了耶特那句"等我去通告您的到来"。他先是拥抱了金瑟夫人,又友好地向金瑟先生点头问候,继续说道:"我的小提琴总算失而复得了!咱们不该庆祝一下吗!"

"看您如何看待这事儿了。您的笔记本并不在琴盒里。"金瑟先生心情沉重地说。

"这……好吧。"教授把嘴边的话又吞到了肚子里,用手抓了抓自己乱糟糟的头发。从他的表情里不难看出,他与金瑟先生一样,为笔记本的遗失心痛不已。

"即便没人相信咱们,咱们也得帮帮教授。"汉

娜对雅各布轻声说,然后和他并肩走出了父亲的办公室。大人们都忙着自己的事情,兄妹俩这时候撤退肯定不会有什么闪失,说不定还能让那场尚未到来的"暴风雨"烟消云散。

事实上,金瑟夫妇的确忘记了这场"暴风雨",只是在第二天早餐时强调从今天开始孩子们上课需要考勤。对此,蒂尔曼先生甚是欣慰,管家小姐则面色凝重地点了点头。

这对孪生兄妹不得不把探案工作暂且放一放。他们在蒂尔曼先生身边度过了一个无比漫长的上午,然后熬过了午餐,紧接着还要与埃洛丝小姐一起去公园散步。

受人制约实在是处处不便。汉娜跑回房间,去拿她的手套和帽子。她把帽子戴在头上,目光不经意地落到了枕头上。那上面是什么?一封信?奇怪!汉娜拿起信,读了起来。

怪异的密码信

"你在哪儿？管家小姐已经在等咱们了！"

雅各布来到房间门口，探个头进去。汉娜猛地抬起头，两手颤颤巍巍地把信拿给他看。

"你看看……"

读完信的雅各布愣住了，一下瘫坐到了床上。

"谁敢打宝琳的主意？"他压制着内心的怒火。

汉娜又仔细看了看那封信。突然间，她抖动了一下："我知道是谁了！咱们家里只有一个人会这样写字！"

Ru guo ji xu duo guan xian shi,

ni men jiu zai ye jian bu dao bao lin le !

汉娜注意到了什么？

八
宝琳不见了

"海因希!"

汉娜说出这个名字时的语气,就像从未听说过他似的。她此刻的思绪如同被打乱的拼图。是海因希写了那封恐吓信。如此说来,他就是那个小偷儿,或者至少是个幕后黑手。

"所以说,海因希就是咱们要抓的坏人……"雅各布顺着汉娜的思路,喃喃自语道。

汉娜又仔细读了一遍信,上面的内容让她难以置信。海因希居然敢威胁她,还把她的爱犬当"人质",真是胆大包天!

"宝琳会在哪儿?"她嘴里蹦出这话的时候,

心头也涌上对爱犬的担忧。宝琳怎么样了？是不是已经被绑走了？还有救它的机会吗？

"现在是午睡时间，它应该会窝在藏书室的沙发上！"雅各布边喊，边冲向走廊。汉娜跟在他后面，脚踩风火轮一般，奔进了藏书室。

雅各布扑向沙发，却不见酣睡的宝琳。

汉娜弯着腰，朝沙发底下四处瞅着。毕竟人

怪异的密码信

永远都不知道狗会有什么主意。可惜,她没找到任何踪迹。时钟的嘀嗒声让她心中愈发忐忑,也让雅各布的脸上泛出焦急的红晕。这只小胖狗到底去哪儿了?

他们寻遍了整栋房子,从客厅到早餐厅,从书房到男人们的聚会房间,但都没有发现宝琳的蛛丝马迹,倒是碰到了工作中的父亲。父亲忙着处理账目与文件,超负荷的工作让他无法抽身,更没时间接受孩子们的询问。

母亲不在家,用人卡尔被问到时,只轻轻地摇了摇头,看上去对宝琳的失踪没有丝毫担忧。这时,管家小姐找到这对孪生兄妹,告诉他们她要取消今天的散步活动。

噢,管家小姐!兄妹俩根本就没想起散步这事儿。幸好她另有安排,他们也省得想法子脱身了。

汉娜和雅各布踉跄地进了餐厅。雅各布环顾四周,吹着平时呼唤宝琳的口哨儿,又用舌头顶着上牙床发出"咔嗒"的声音,却没听见往日里欢快的"汪汪"声。

午后的寂静令人头皮发麻,唯有嘀嗒作响的时钟提醒着他们,宝贵的时间正在飞逝。汉娜陷入了绝望,身体不住地颤抖。

"宝琳已经被人带走了,对不对?"她战战兢兢地问。

"那就只好把目标转向绑匪了!"雅各布从喉咙深处发出嘶吼,拳头重重地砸在了墙壁上。

可接下来的事实证明,寻找海因希就像寻找宝琳一样无果,他也消失得无影无踪。现在只有父亲能帮得上忙了!

他们冲进书房。尽管父亲正忙着处理账目与文件,他们还是径直奔向了办公桌。

怪异的密码信

"海因希去哪儿了?"雅各布开门见山地大喊道。

金瑟先生吓了一跳,不解地看着儿子。对于儿子唐突闯入的行为,他还没来得及数落一番,就听见儿子继续嚷:"海因希!他就是那个小偷儿,外加绑匪!他绑架了宝琳!"

"你在瞎说什么呀?还有,海因希已经搬走了。"金瑟先生更纳闷儿了。

"什么?"汉娜不由得惊呼起来。

金瑟先生往后靠了靠，略微点点头，气鼓鼓地说："是的，他已经搬走了。也难怪，瞧瞧家里这些天都发生了什么。都是你们，把他给吓跑了！"

"可他是个骗子！"

"汉娜，我不允许……"

金瑟先生没能接着说下去，因为爱因斯坦教授突然进来了，耶特紧随其后。她本想通告一

声，却没找到时机。

教授冲大家笑了笑，轻声说："的确，亲爱的金瑟，我也听说了海因希的劣迹。这不，我正巧在你家附近，顺便来告诉你。"

"怎么了？"

金瑟先生还没回过神来，内心夹杂着好奇与震惊。汉娜和雅各布则焦急不安地等着下文。

教授接着说："在学校，他公然与我发生争执，还加入了诋毁我的行列，成了我的敌对派。海因希可能就是偷走我笔记本的那个人！"

"那我还是报警吧……"金瑟先生嘴里嘟囔着，伸手就抓起电话。

教授郑重地点点头，眼中闪烁的光芒似乎映射着"赞同"二字。

"别忘了提宝琳！"汉娜哀求道，却见金瑟先生无奈地摆了摆手。

"你想想,一只失踪的狗怎么能引起警察的兴趣呢?再说了,宝琳可能只是去花园撒欢儿了,待会儿就跑回来了。"

此刻,任何反驳都是徒劳,因为金瑟先生正在向警察局的秘书说明事由,他的注意力完全放在了电话上。

雅各布把汉娜拉开,试图安慰她,却看到她的泪水在眼眶里打转,就要顺着脸颊流下来了。幸好耶特这时把他们叫到走廊。

"现在你们实话实说,到底发生什么了?"她问得直截了当。她的声音如此坚定,促使汉娜重新振作起来,吞吞吐吐地诉说着所发生的一切。

"真是得寸进尺!都盯上咱家的哈巴狗了!"耶特听罢,气得把双手叉在腰间,怒冲冲地叫嚷,"这事儿要找路德希帮忙!他肯定知道海因希的去处,怎么着也能把他的新地址找出来。"

怪异的密码信

耶特拢了拢裙子,准备立即行动,却留意到两个孩子踟蹰的样子,她停住了。

"还有什么事儿?"

汉娜和雅各布对视了一眼,支支吾吾了好久。最终,汉娜鼓起勇气问:"他会不会和海因希狼狈为奸?"

"啊哈!"耶特爽朗的回答出人意料,"我的路德希,他才受不了那个可恶的家伙呢!你们大可相信我!"

"你的路德希?"雅各布追问。

耶特的脸顿时羞得发红,就像那磨得发亮的苹果,红里透光。

"啊……是……我的。我和他是很好的朋友。你们懂我的意思吗?时不时约着见面,就这样……你们会保密的,对吧?"

耶特表现得很淡定,却因害羞,苦于找不到

合适的字眼。她看起来有些尴尬不安,可汉娜却一下子搂住了她的脖子。原来这才是耶特与路德希见面的真正原因!然而,疑惑却再次袭来:单凭这点,他们就能相信路德希吗?他会不会是在利用与耶特的感情,实际上是监视教授的间谍或者海因希的同伙?

"我待会儿就去问路德希,看他是否知道海因希的去向。只要路德希从学校回来,我就马上问他。就这么办!"耶特自言自语道,健步走出了房间。

怪异的密码信

"你觉得路德希是无辜的吗?"汉娜轻声探问。

雅各布迟疑地耸了耸肩。他没有答案,却怀有一线希望。

"咱们现在得找回宝琳,这才是当务之急!"

"可咱们到处都找遍了呀!"

"那就再到处找一遍!"

说做就做。

他们把房子的各个角落又检查了一遍,用咔嗒声、口哨儿声和平时的昵称呼唤宝琳,可还是没能找到它。最后,他们回到了藏书室,瘫坐在壁炉前的沙发上。

"要是他对宝琳动手了,该怎么办?"汉娜双手捂住了脸,打转了许久的眼泪终究还是淌了下来。

雅各布走过去安慰妹妹,却突然看到壁炉里在火苗没烧到的地方,散落着一些奇奇怪怪的东西。他跪在地上,抄起火钳,在灰烬里戳来捅去。

"看!碎纸片!有可能是一封被撕碎的密信。快过来,一块儿瞧瞧!"

拼好碎纸片，上面写着什么❓

九 新的线索

"明天约定地点见。管好那俩孩子的嘴,否则这只狗别想活。"雅各布端详着刚刚拼好的碎纸片,轻声念出上面的字。

一瞬间,他有了一种把整个肉丸囫囵吞下的感觉,噎得说不出话。汉娜早已面如土色,呆呆地望着那些拼凑起来的碎纸片。沉默了良久,她说:"咱们可算有新线索了,海因希的同伙就住在咱家。也就是说,他应该是在劫走……宝琳……的时候,给同伙留下了这张字条。这个同伙趁咱们找宝琳的时候,看了字条的内容。"

雅各布直起身子,激动地呼出:"对!咱们中

怪异的密码信

午去藏书室的时候,壁炉里还没有这些碎纸片!这点我敢肯定。"

汉娜若有所思地点点头,在屋子里踱来踱去,嘴里还念叨着:"我完全相信耶特,她不可能是海因希的同伙。那会是谁呢?蒂尔曼先生?用人?厨师?莫非是埃洛丝小姐?"她停下脚步,头摇得像拨浪鼓,"不会呀,她那么爱摆臭架子,应该不屑于跟小偷儿沾上半点儿关系。"

"蒂尔曼先生成天迷迷糊糊的,又总是不着调……这么算来,就只剩下路德希了。你觉得他值得信赖吗?"雅各布问。

"不知道。唉,一天到晚猜来猜去的,搞得我头疼!"汉娜无力地发着牢骚。

"不管怎样,都要跟咱爸说说!"雅各布坚定地说。

于是,晚餐前,他们又一次去劝说父亲,希

望他能将宝琳失踪的事儿报警。与此同时,他们还给父亲看了恐吓信与碎纸片。金瑟先生见了物证,大抵相信了海因希绑架宝琳的事实,却始终不肯为了一只狗去报警。他摇头道,警察估计会怀疑他有精神病。

没有宝琳在桌下陪伴的晚餐,于汉娜而言是如此煎熬。况且今晚的菜还是"齐姆斯①",是宝琳的最爱。一旁的埃洛丝小姐却摆出一副称心如意的样子,还快活地宣称明天她终于能穿新裙子了,裙摆再也不会被咬了。这样的情景让汉娜不禁又湿了眼眶。

吃完晚饭,这对孪生兄妹便蜷缩在了各自的床上,也做好了彻夜难眠的心理准备。

---

①齐姆斯,一道传统犹太炖菜,将肉、胡萝卜、红薯与梅子用小火慢炖,佐以蜂蜜。

怪异的密码信

次日清晨,他俩本想接着寻找宝琳与海因希的踪迹,却被埃洛丝小姐拦住了去路。她不仅穿着新裙子到处招摇,还像是长了鹰眼般,一直监视着他们。吃完早饭,兄妹俩只好挪到蒂尔曼先生的书房。午饭后,他们正打算开溜,却撞上了来串门的爱因斯坦教授。

"不管笔记本还在不在,至少小提琴已经回来了。咱们不是说,要让家庭音乐会开得频繁点儿吗……"他好声好气地说。

雅各布与汉娜相视无言。心爱的哈巴狗失踪了——都这个时候了,谁还能惦记着音乐会,谁还有心思想念莫扎特、巴赫?!

金瑟先生同意教授的看法:"等警察抓到海因希这个小偷儿,宝琳也就自然而然地回来了。咱们大可放心,只管耐心等待就是了。走走走,去音乐房!"

他的神情与语气都表明,他不会接受任何形式的反驳。雅各布与汉娜只好从命,硬着头皮跟了上去。

可他俩实在无法把注意力集中在音乐上。汉娜魂不守舍地坐在钢琴前,雅各布不情不愿地把小提琴放在肩上。纵使心不在焉,他们起码还

试着把每个音都演奏对。然而事与愿违,雅各布的琴声沙哑涩滞,听上去就像在拉锯,简直就是虐待乐器。

金瑟先生着实受不了了,狂挥手里的琴弓,气咻咻地打断了他们:"你们演奏的是什么?全是错音!"

"听上去跟小丑戏似的。"教授一边随声附和,一边移开手里托着的小提琴。他凝视着汉娜与雅各布的眼睛。

"其实今天这首曲子并不难……"他略带迟

疑地说,拨弄着自己凌乱的发型,确切地说,连发型都算不上。

这回,教授的搞笑动作没能把雅各布逗笑。雅各布耸了耸肩,怯生生地回应:"这拉琴就跟学数学差不多。一旦看不下去了,心思又在别的地方,还能有什么意思……"

教授走向雅各布,拍拍他的肩膀说:"别为你在数学上遇到的困难发愁了。我可以向你保证,我在数学上遇到的麻烦更多。"

"我才不信!"雅各布高声反驳道。教授被逗笑了,圆乎乎的鼻翼都在微颤。

"当然,当然是这样的。这就是为什么我对音乐情有独钟。音乐正如那曼妙的世外桃源,每当我遇到棘手的难题时,音乐便是我的避风港。它总能帮我梳理思路,助我整装待发。"

"那它能帮你找回丢失的东西吗?"汉娜一

怪异的密码信

脸疑惑地追问道。

教授沉思了半晌,开口回答:"嗯,当然能。一旦全身心沉浸在音乐中,就很容易找回淡忘的东西。不过,不是什么雨伞或者房门钥匙啦,哈哈!"他笑着说完,忽然神情凝重起来:"你丢了什么呀?"

"宝琳!"汉娜直呼。

"你又来了,哪壶不开提哪壶。"金瑟先生叹了口气,"让我和教授单独练习吧,你俩去散散步,呼吸呼吸新鲜空气,没什么不好。"

一丝希望如朝阳般升起,雅各布内心一阵窃喜,向汉娜投去了满怀期盼的眼神。汉娜一下子从钢琴凳上蹦了下来,隆重地行了一个屈膝礼,紧随雅各布大步流星地走出音乐房。顷刻间,音乐房传来悦耳的提琴声,金瑟先生和教授再度沉浸在音乐世界里。

"现在该怎么办?"汉娜犹豫地问道。

"我还没有想法。咱们还不知道那个约定的地点在哪儿,也不知道谁是帮凶,更不知道他们是不是已经见面……"

"你们两个!在这里干什么?不是应该去演奏莫扎特和巴赫的曲子吗?"

又是管家小姐!为什么她偏偏要在这个关键时刻冒出来!一定要如此折磨人吗?汉娜纵使心中怨言无数,却仍识趣地行了一个规规矩矩的屈膝礼,并有理有据地说:"爸爸叫我们出来散散步。"

管家小姐眯起双眼,满腹疑惑地打量着他们:"噢,真的吗?我可不信。你们八成是溜出来的!我这就去告诉你们的母亲。"

说罢,她便转身箭步走下楼梯,骄傲得如同一艘凯旋的军舰。

怪异的密码信

"这个恐怖的女人。"雅各布厌恶地说着。

汉娜没有回应,她的目光尾随着管家小姐,新的线索让她兴奋得说不出话。

汉娜注意到了什么?

十
得救与绝望

被扯破的裙摆！还是在埃洛丝小姐的新裙子上！

"这肯定是宝琳的杰作！"雅各布狡黠地哼笑了一声。

汉娜镇定下来，点了点头："这回咱们总算知道谁是同伙了。管家小姐呀，你可真令我刮目相看！"

"我只能说，这是不幸中的万幸。"雅各布舒了口气，笑得嘴角都快咧到耳根了。得知宝琳并没有人间蒸发，他的十分担忧转为了一分轻松和万分期盼。

怪异的密码信

"没错,可以这么说。现在要做的,就是跟紧管家小姐。说不定这两天她还会和小偷儿会面,这样咱们就能找回宝琳了。"

"还能揪出海因希那个坏蛋。等抓到海因希,救回宝琳,找回教授的笔记本,咱们可得好好庆祝一下!"雅各布一边遐想,一边轻快地说。

在令人振奋的救援行动开始之前,他们要先完成日程表上的散步活动。为此,汉娜与雅各布甘受"折磨",顺从地跟在埃洛丝小姐后面穿过公园。汉娜的目光几乎无法从那破了的裙摆上移开。可她竭力装作若无其事,以免引起管家小姐的怀疑。

好在管家小姐没有察觉出异样,散步结束后便放汉娜与雅各布回去了。他俩也装作什么都没发生,像往常一样往各自的房间走。可实际上,他们从拐角处溜到了外面,静静地潜伏着。

他们不能错过管家小姐的任何行踪!

等待的时间总是那么漫长。等到管家小姐终于披着大衣、打着阳伞走出房门时,雅各布感觉到自己的腿已经有些发麻了。唉,当侦探可真是个苦差!

管家小姐从大衣最底下开始,把扣子一个个扣上,之后,她三步并作两步走远了,一反往日的淑女姿态。

从现在起,兄妹俩既要高度警惕,也要随机应变。

看到管家小姐沿着石子儿路走出了院门,这对孪生兄妹才从隐蔽的角落里钻了出来。他们半弓着腰,貌似潜逃的嫌犯,悄悄跟在管家小姐后头。

此刻,管家小姐已经走到了主街,在她示意电车停车时,飞扬在风中的裙摆卷起了色彩斑斓

怪异的密码信

的秋叶。

15路电车丁零零地缓缓驶向站台，停了下来。管家小姐踏入了首节车厢。

汉娜与雅各布紧赶慢赶，登上了电车的第二节车厢。他们紧靠在车门口，生怕埃洛丝小姐待会儿下车时，他们会慢上一拍。列车员、叽叽喳喳的乘客、沿途一闪而过的房子——周遭的一切都被汉娜过滤掉了，她的目光只聚焦在管家小姐身上。

列车行驶的一路上，郊区零星的独栋房屋慢慢变为了鳞次栉比的高楼，车厢里也渐渐人潮涌动，给他们的跟踪行动加大了难度。

"选帝侯大街！"列车员的报站声响起，汉娜见管家小姐从前面的车厢下了车。

"她往哪儿走了？"他俩刚挤出车门，雅各布就急不可耐地问。这里全是人！目光所及之处尽

是熙熙攘攘的人流！汉娜拽着雅各布往前走，她的目光仍然锁定在管家小姐身上。

"在那儿，前面！她马上要进那栋楼了！快跟上！"

他们健步如飞地跟在后面。刚进入门洞，管家小姐就不见了，搞得他们迷失了方向。

"这栋楼住了这么多户！她到底去了哪家？"汉娜斜倚在楼梯间的栏杆上，边探头向楼上望边问。

"我也搞不清了……那就挨家挨户敲门吧。"

雅各布说道。

他大步冲上楼梯,一次迈好几级台阶,很快就敲响了第一家住户的门。里面一丝动静也没有。汉娜则开始敲隔壁的门,伴随着门锁转动的声音,门开了——门口站着的正是埃洛丝小姐!

她一见汉娜便想立马关门,却被雅各布抢先了一步。他冲到门口,用身体抵住了快要关上的房门。汉娜帮他一起顶着门,给埃洛丝小姐来了个措手不及,两人二话没说硬闯进了屋里。

屋里的沙发上坐着一个人,是海因希!他

"噌"地站了起来,暴跳如雷:"怎么是你们!你们两个小东西来干什么?"

汉娜与雅各布顿时吓坏了,畏缩成一团。他们从来没想过该怎么对付两个成年人。

海因希眼睛里好像燃烧着熊熊怒火,管家小姐也气得七窍生烟。海因希扑向雅各布,一个劲儿地晃着他的肩膀:"说!你们这么鬼鬼祟祟的,到底为了什么?"

怪异的密码信

他还没说完,隔壁房间便传来一阵狂吠。

"宝琳!"汉娜欣喜地大喊,想马上去营救哈巴狗,却被埃洛丝小姐拦住了。

海因希一边揪着雅各布的衣领,一边冲着管家小姐嚷嚷:"真是晦气,这下没门儿了,咱们得暂时躲一躲,等这事儿过去再说。走之前,最好把这俩小东西关在这儿。"埃洛丝小姐一只手从腰间掏出一串钥匙,另一只手伸向想借机逃跑的汉娜。

"去,把她和那只畜生关到一块儿。"海因希下达了命令,"也许会有人找到她,不过到那个时候,咱们早就远走高飞了。"

汉娜和雅各布惊慌地对视了一眼。现在还能怎么办?

就在此时,房门"咣"的一声被撞开了,耶特闯了进来,紧跟其后的是路德希!汉娜松了一口

气,展颜一笑。耶特抄起一把雨伞就挥向管家小姐,随后还加了一记。

"把孩子放开,你这只'毒蝎子'!"耶特咆哮的样子看上去如此凶狠,吓得管家小姐赶忙放开汉娜,拼命地往后退。

路德希则径直冲向海因希,径直给了他一拳,这让雅各布钦佩不已。海因希被打得瘫倒在地,仰面朝天。

"哈哈,这样一来,海因希就不会再给咱们

怪异的密码信

制造麻烦了！"金瑟先生一边笑着，一边洋洋自得地捋着他的小胡子，"真是可怕呀！嫉妒与虚荣竟让好好的一个年轻人误入歧途。伪造入室盗窃案，只是为了损害教授的名声！在孩子们开始怀疑他的时候，他竟然绑架了哈巴狗！"

"幸好有耶特在！不过说来也巧，不仅仅是一贯清高的管家小姐，连耶特也看上了我们家里的大学生。"金瑟夫人边打趣，边冲耶特眨眼笑笑。耶特呢，她破例端坐在客厅的沙发上，脸颊通红，正细细品着樱桃甜酒。至于她通红的双颊是因为酒精的作用，还是由于金瑟夫人的调侃，或者是缘于路德希刚刚抛过去的眼神，就不得而知了。汉娜与雅各布冲她充满感激地笑着。雅各布随后大嚼大咽，吃下了一张肉馅儿饼，毕竟探案工作消耗能量，让人饥肠辘辘。汉娜丢给宝琳一根小香肠，宝琳用欢畅的"汪汪"声作为回报。

"对了,这实际上是路德希的功劳,多亏他找出了海因希的住处,我们才能及时赶到现场。"耶特刚解释了一句,就打了个响嗝儿,她只好闭口不言了。不过看样子,也没有解释的必要了,因为教授兴冲冲地走了进来,热情地问候大家。他自己都不敢相信,笔记本竟然被找回来了。

"笔记本是在海因希的房间里发现的,在床垫下面。"金瑟先生描述着当时的场景。当他把小红本子递给教授时,脸上尽是满足的笑容。

教授翻着笔记本,重新读了读他的笔记。过了片刻,他开口说:"我算是吃一堑,长一智了。灵感总是昙花一现。从现在起,我要用脑子记住这些为数不多的灵感,而不再是把它们写下来。这样,它们就不会被盗,我也不用再写笔记了!"

"上面记的是什么?"雅各布按捺不住内心的好奇,直截了当地问教授,却招来母亲严厉的

怪异的密码信

眼神。

雅各布对此表现出兴趣,这让教授很是欣喜,他立马答道:"我把它命名为'统一场论'。至于我能从笔记里总结出什么,咱们一起拭目以待吧!现在,这个笔记本又回到我手上了……没有它的日子,我就像在遭受天大的惩罚!"

"说到惩罚,"金瑟先生清清嗓子,然后分别看了看两个孩子的眼睛,"在咱家,我不愿再看到任何探案活动!还有,为了让你们尽快忘掉这些事情,咱们现在不妨一块儿练练琴,来个家庭音乐会!"

"哦不!"雅各布嚷嚷,"宝琳和那本珍贵的笔记本得救了,可我却要绝望了。"

一片爽朗的笑声回应了他的话。家庭音乐会拉开了序幕。到高音部分时,宝琳还和着悠扬的琴声高唱呢。

答案

二 / 我看到了你没看到的

汉娜瞧见路德希的鞋子周围有水。他肯定是去了外面，而非如他所言，就去了自己的房间。

一 / 暗夜盗贼

雅各布留意到，窗户碎片并不在房间里。只有从房间内部把窗户打碎，碎片才会飞到外面去。

三 / 怪异的密码信

密码信上写着：周日下午五点，咱俩在大理石屋附近碰面。

这条信息要从下到上、从右向左读。

四 睁大眼睛，仔细观察

海因希是左利手，路德希不是。那个年轻男人是用右手取的电影票，大概率是路德希。

五 潜伏

右边第三把钥匙是洗衣房的钥匙。它是"之"字形的，对应洗衣房的锁孔。

六 嫌疑

甘草糖。

七 / 恐吓信

信中的字母"R"有许多装饰,只有海因希的字如此怪异。

八 / 宝琳不见了

纸上写着:明天约定地点见。管好那俩孩子的嘴,否则这只狗别想活。

九 / 新的线索

汉娜留意到,管家小姐一袭新裙的下摆被扯破了。这意味着,她必定与被绑架的宝琳有过交锋。

阿尔伯特·爱因斯坦生平大事年表

1879 年　阿尔伯特·爱因斯坦出生于德国乌尔姆。

1885 年　爱因斯坦开始接受学校教育（在此期间，全家搬至慕尼黑），同时他也踏上了小提琴的学习之路。

1896 年　高中毕业后，爱因斯坦本应按照德国当时的法规服兵役，可作为和平主义者，他拒绝参军。在征得父亲的同意后，爱因斯坦放弃了德国国籍，前往瑞士的苏黎世联邦理工学院求学，专修理工综合。

1899 年　爱因斯坦申请瑞士国籍。

1900 年　他结束大学学业，获得数学与物理学专业的硕士学位。

1901年　他成为沙夫豪森一所私立学校的教师。
1903年　爱因斯坦与第一任妻子米列娃完婚。
1904年　他谋得伯尔尼专利局的一个长期职位。
1905年　他发表了多篇论文，包括有关"狭义相对论"的论述。
1906年　他被苏黎世大学授予物理学博士学位。
1908年　爱因斯坦向伯尔尼大学提交了论文，获得了大学任教资格并成为编外授课教师。
1909年　他从专利局辞职，成为苏黎世大学的理论物理学副教授。
1913年　爱因斯坦迁居柏林，成为普鲁士科学院的成员，获得柏林大学的教授职位。
1916年　爱因斯坦创立了广义相对论。
1919年　爱因斯坦的第一次婚姻走到尽头。他与第二任妻子爱尔莎结婚。
1920年　爱因斯坦开始对宗教感兴趣并发现了自己的犹太血统。
1921年　爱因斯坦基于一篇关于光电效应的论文，被授予诺贝尔物理学奖。

1933 年　德意志劳工党（纳粹党）夺取政权后，德国的政治环境被染上强烈的反犹色彩，哪怕在大学校园里也是如此。此时的爱因斯坦正在旅行，他于3月10日宣布将不再返回德国。此后，他与德国所有机构都断绝了联系。

1955 年　阿尔伯特·爱因斯坦在美国普林斯顿逝世，享年76岁。

阿尔伯特·爱因斯坦
——一位天才的科学家

"若与你最亲近的人共度一两个小时,你会以为这是一分钟。可如果让你在热炉子上坐上一分钟,你会觉得过了两个小时。这就是相对论。"

——阿尔伯特·爱因斯坦

生活中的爱因斯坦

爱因斯坦虽是犹太人，但他的家庭中并没有浓重的宗教气息。直到后来，他才对宗教萌生兴趣。

幼时的爱因斯坦常花上好几个小时摆弄父亲送给他的指南针。到了学校后，他把几何书称为"小小神书"。

尽管爱因斯坦在学校成绩优异，但他的天赋还没有完全展现。他的数学经常考6分，虽然在德国人看来，6分是最差的分数，可是爱因斯坦当时是在瑞士上学，6分代表德国的1分，是一等的好成绩。

后来，爱因斯坦成为大家公认的勤勉的研究者，同时也是"糊涂教授"的代表。他只顾沉浸在公式中，经常忘拿自己家的钥匙，至于弄丢雨伞或帽子，那就更是家常便饭了。只有他挚爱的音乐，能把他从思考的世界中拉出来，当然，还有甜点和蛋糕。面对甜食，他丝毫没有抵抗力。

爱因斯坦的工作

　　爱因斯坦被认为是有史以来最伟大的科学家之一。他新颖的理论甚至颠覆了当时的整个世界观。

　　爱因斯坦理论的核心是广义相对论与狭义相对论,他创立的统一场论也开创了物理研究的新时代。

　　事情是两面的。尽管这位崇尚和平的科学家曾多次警告世人,万不可将他的理论滥用于战争领域,但实际上,他的科学发现不仅被用于理论研究,还被用来制造极具杀伤力的武器。

　　当他1921年被授予诺贝尔物理学奖时,全世界都知道了阿尔伯特·爱因斯坦这个名字,但这也为他招来了许多不满的声音。因为在那个时代,并不是每个人都能以开放的心态来了解并对待爱因斯坦的新思想。他的理论颠覆了当时的世界观,并非所有的研究者都能认同如此"前卫"的想法。爱因斯坦为此难过不已,甚至十分愤怒,但他仍坚持在理论研究中砥砺前行,毕竟他身后还有不少支持、鼓励的声音。

解读相对论

我们试想一下,现在有一艘以光速飞行的宇宙飞船,飞船中坐着一名航天员,他的妻子待在家里。航天员以光速飞行,他每飞行1秒钟,他在地球上的妻子就会度过足足22秒!这表明,相比地球上的时间,以光速飞行的宇宙飞船中的时间会慢很多。

还有一个例子也可以形象地解释相对论的存在。太阳的引力作用于光子,导致星星的光线发生偏移。因此,站在地球上观察夜空的人,看到的并不是星星的实际位置,而是它经过光偏移后的"显像"位置。

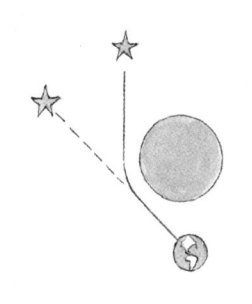

爱因斯坦和统一场论

爱因斯坦试图用一个公式来总结人类已知的各种物理现象所表现的相互作用,一种所谓的"世界公式"。然而,他还未发现这个"统一场"的通用公式,便与世长辞了。直至今天,国际各大研究机构仍在花费人力、物力继续从事这项研究,尝试去寻找答案。

爱因斯坦是一个想象力超凡的天才,他拥有常人难以置信的聪敏头脑,他的发现与理论至今仍未被世人完全理解。

可就是这样一位科学家,还曾对一个女学生说:"别为你在数学上遇到的困难发愁了。我可以向你保证,我在数学上遇到的麻烦更多。"

就算他只是开玩笑,那也足以证明,爱因斯坦不仅是有史以来最伟大的天才之一,也是一个幽默风趣的性情中人。

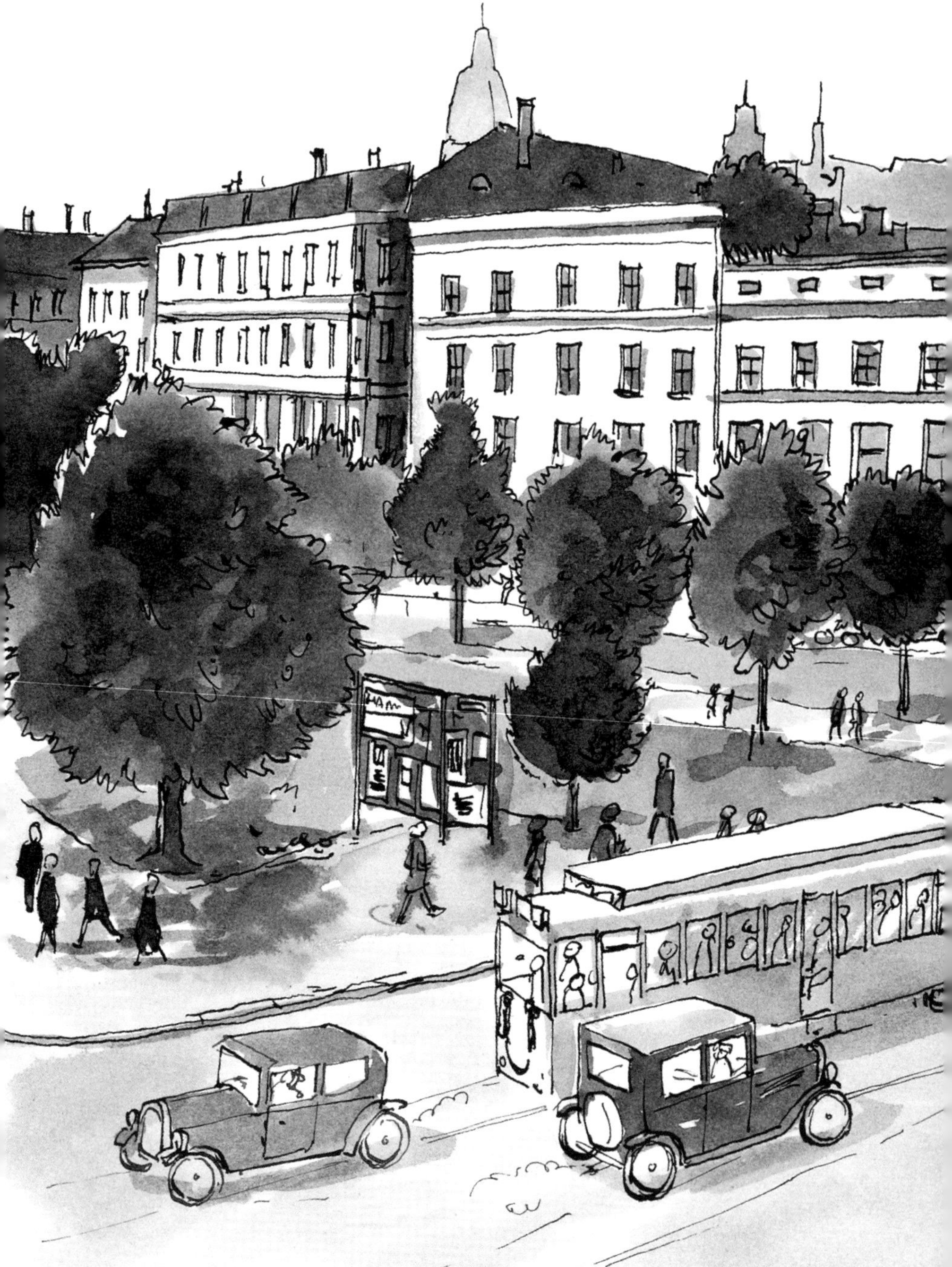

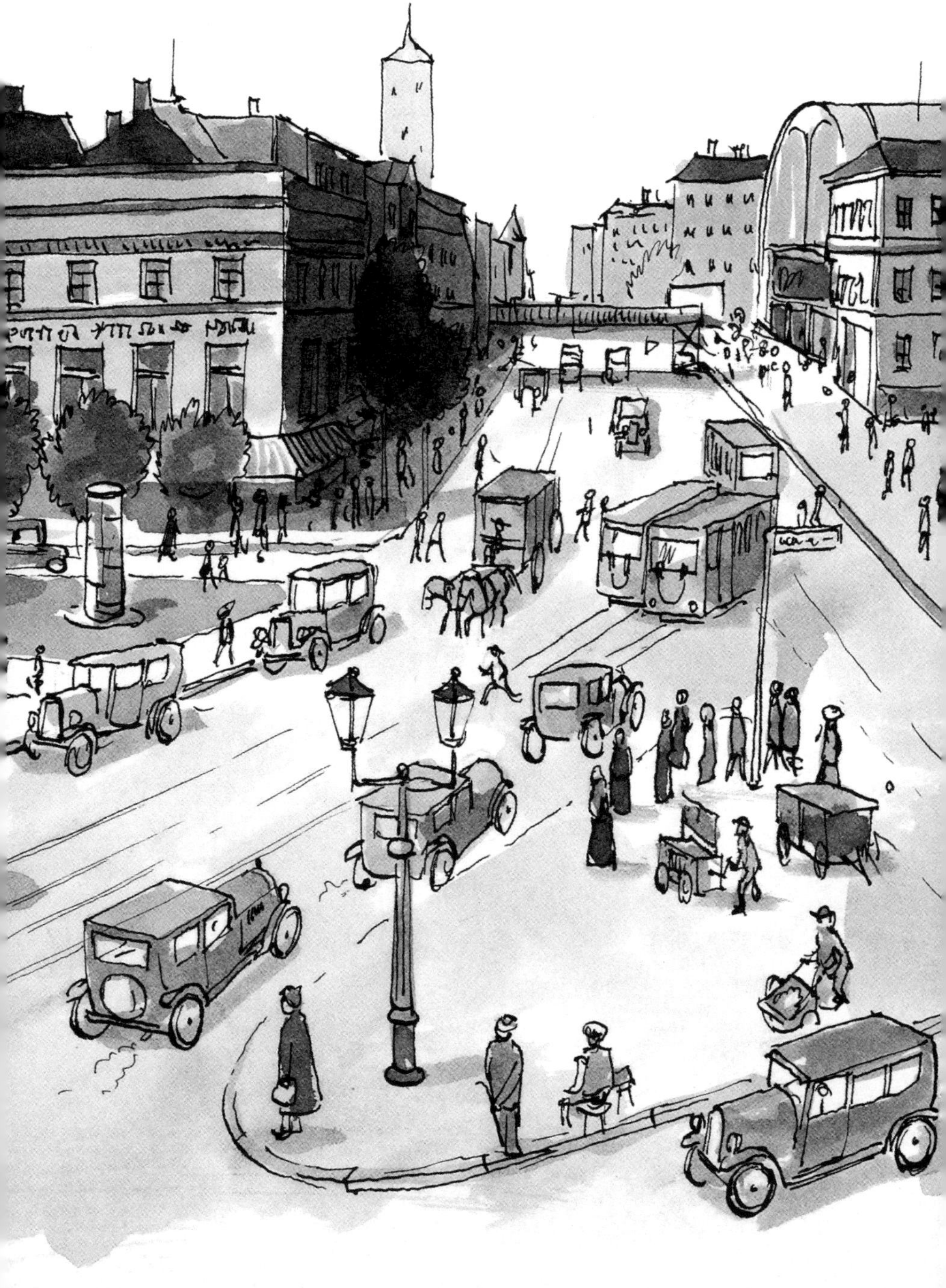